GAEA

Gaea

躁鬱宇宙

黃海科幻小說精選

黃海 著

躁鬱宇宙——黃海科幻小說精選

目錄

序．五十年一覺科幻夢——朝如青絲暮成雪　幻海浮沉豈無悔

時光飛馳，距離寫作第一篇科幻小說到今天，已超過半個世紀了；驀然回首，轉眼青絲已成白髮。

一九六八年，隨著著名的科幻電影《二〇〇一：太空漫遊》的上映，科幻小說在台灣萌芽之初，它就默默出現在傳統文學（或稱主流文學）裡，就像出生的嬰兒一般，人們未曾注意它應該叫什麼名字。直到一九七〇年代中期，《星際大戰》、《第三類接觸》的震撼轟動，大眾有了科幻概念，一九八一年張系國在聯合報文學獎評審會上，建議今後將科幻與傳統文學分開，科幻在台灣文壇上逐漸有了分野。差不多這時期，中文辭典也才收入了「科幻」一詞，兩岸也不約而同使用同樣名稱。張系國、葉李華的創作和推廣，創造台灣科幻上世紀末至本世紀初的輝煌，我也經歷見證了萌芽、發展的過程。

台灣的科幻小說是在傳統文學園地發展出來的，一般來說，作品偏軟，《一九八四》、《美麗世界》這類反烏托邦文學形式的科幻，深深影響文學作家，將之視爲科幻標竿，也因此有了被稱爲台灣版《一九八四》的《廢墟台灣》，科技人許順鏜是少數的硬科幻代表。中國大陸的科幻歸屬科普一環，官方支持科普，也間接栽植科幻，硬科幻也出色；台灣文化環境不利硬科幻發展，有其背景因素，學者已有述及。

實際上，越是具有人文意涵的科幻作品更能垂諸久遠，台灣的主流文學作家在科幻場域迭有貢獻，近年吳明益、邱挺峰作品已面向國際，李伍薰是繼起的勇猛戰將；台灣以人文科幻見長，不似中國大陸劉慈欣《三體》的硬核科幻。我們舉目所見的科幻電影、動漫、電玩和小說，雅俗紛雜並陳，我在《科幻薪火錄》創造了「泛科幻」一詞，否則很難指涉這個文類的紛華龐雜。

□

收集在這兩本集子的小說，跨越了兩個世紀，從中篇、短篇到微短篇都有；不論硬軟科幻、奇幻、成人或青少年的，也都涵蓋了。

一直以來，我認爲「科幻是成人的童話」、「科幻是介於成人與少兒之間的文學」，近年我也曾經和山鷹、林茵、邱傑合寫了一部有趣的接力童話；認爲「優秀科幻可以返身主流文學」；而「超現實的合理化」、「如果的藝術」，是我簡單的科幻概念。著名的評論家蘇恩文（Darko Suvin）看重嚴肅的科幻，認爲它在主流文學佔有一定地位，深得我心。年輕一輩的寫作者可能已忽略了傳承，不少是憑藉天賦揮灑，自創風格。

如今社會大眾所認知的科幻，大多是是來自視覺文本──受到影視、電玩、動漫濡染的影響，影像是熱媒體，平面紙本是冷媒體，小說不可避免地被邊緣化了。人們說某事很科幻，含有一個重要的因素：它是超現實的，卻被煞有介事地以科學元素合理化了，比如哈利波特騎著掃把在空中飛，是魔法，是奇幻，如果加裝了噴射火箭或其他動力設備使其動作合理化，便是科幻。

香港學者李偉才（李逆熵）博士，對科普科幻尤爲專精，華人之中少有人能出其右，他曾提出「攀登科幻高峰，在山頂上插旗」的口號，指出科幻作品追求的最高目標，就是提出一個前所未有的科幻概念（點子），在科幻領域成爲創造發明。像大陸漂移、蓋亞假說之類的概念，更具有科學意義，雖然是假說，創始者也名垂青史；這就有如登山，在頂峰上插旗留名，踵繼其後者，只能利用同一點子推陳出新。

科幻的黃金時代早已消逝，多年前有謂科幻園地早已在美國被耕耘得寸土不留，新點子的開發有其難度。我不揣冒昧，以〈躁鬱宇宙〉試著攀登科幻高峰，猜想人體精神狀態（尤其是躁鬱症）和宇宙波動的關聯性，也許精神電子學是待開發的領域。〈替代死刑〉，將死刑犯改造腦部成爲有如機器人勞工，取代死刑的執行，其實它只是一個長篇小說綱要，先行發表；本篇和〈深藍的憂鬱〉收入南一版、翰林版國中國文教科書。〈火星玫瑰〉也收入龍騰版高中國文輔助教材。

愛因斯坦說：「想像力比知識更重要，因爲想像力是無限的，知識是有限的。」在科幻寫作上，可以說「知識是想像的原料」，利用已知的尖端科技訊息編造情節，延伸無限可能。我的集子中，像〈天眼〉、〈開天闢地〉、〈哭泣的心臟〉、〈腦體位移〉、〈異星家人〉、〈火星未來紀〉、〈八五○就是愛〉……利用已有知識延伸到未知或未來，有其科幻核心和人文思維。

科幻小說和歷史小說的寫作，有其相像之處，你無法親臨過去或未來，卻可以資訊〈知識〉爲原料，以想像力編織成可信的情節。當你確立主題之後，剩下的就是如何添枝加葉，琢磨塑造成爲藝術品。〈世界的邊緣〉是比較接近現實的小說，在我閱讀了有關尼泊爾的旅遊書和登山知識之後，寫出在世界屋脊找雪人的故事。〈哭泣的心臟〉隱晦地影射了某個宗教狂熱和恐怖主義國家，無頭雞故事和接受心臟移植者的後遺症，有其現實依據。

科幻點子容易相撞，即使重複了，也成了「同樣的點子，不同的樣子」。威爾斯《時光機器》之後，一百多年來，數不清的作品演繹擴散了時間旅行的故事。越是偏軟的、具有哲理意涵的小說，讀來越是深刻，令人感動，歷久彌新。〈深藍的憂鬱〉、〈出賣牛車輪的人〉，描述了人性本質和社會人情；〈混沌〉，探索了不可超越的宇宙起源，也就是究天人之際，是我很喜歡的一篇。〈天人感應篇〉混融了科普科幻奇幻玄幻。

〈秦始皇到台灣〉建構在現實與幻想的兩個面向，模稜兩可、亦眞亦幻；曾擴寫爲中篇小說版。〈天堂A夢小學〉以少兒觀點，有趣地探討了輕生的禁忌話題。

□

如今，外星人事件幾乎已變得平淡無奇，美國政府不時有意無意釋出訊息，眞相的揭露已呼之欲出。現實與科幻難分軒至，我們不知不覺活在科幻時代，科幻寫作顯得軟弱無力，運用已知的知識去延伸想像未來未知，早已捉襟見肘。時過境遷，常常會發現科學跑在科幻前面。著名科學家兼科幻作家弗諾・文奇（Vernor Venge）一九九〇年代就提出理論：「科技的快速發展，將使任何人無法預知不久的未來將會出現什麼，科技將會戲劇性地使社會產生變革，以至科幻作家的想像力將無法跟上現實。」

新冠肺炎疫情嚴重，也許你會擔心打入人體的疫苗是否有奈米機器人，往後遭受監控？如果你還想整容變裝換髮，隱匿身分，大數據監視系統有辦法教你無所遁形；外星人是眞的嗎？包括駭客、太空人、各國政要和臨終科學家，數不清的爆料，在網路時代已逐漸喚醒大眾的認知覺醒；以色列衛星之父說：火星實際上已有人類與外星人合作的研究基地；眞空中獲取免費能源的方法一直被保密，以維護石油市場。洛克希德馬丁公司臭鼬工廠負責人臨終懺悔承認：「我們實際已掌握了星際旅行的技術。」亞瑟・克拉克的定律告訴我們，要知道某件事是否可能，唯一的方法是跨越到不可能的領域去。

過去，科幻作家寫外星人是名正言順，但在現實中談外星人，一定嚴正否認，斥爲科學異端或怪力亂神，如今情況已在逆轉。

於是，我不免感嘆：

五十年一覺科幻夢
我們何其無知卑微
何其弱小
朝如青絲暮成雪
幻海浮沉豈無悔

二〇二一年六月二十三日　**黃海**

躁鬱宇宙

01 火星，微粒晶片太空船

火星基地的醫院在地下五層，每逢有太空船來到時就特別忙碌。

從月球抵達被稱爲第二個地球的火星，身體不適的移民者被送來了，長期在微重力狀態下生活，有人顯得極度虛弱，有人很像戰敗返鄉的老弱殘兵，骨質中的鈣流失，循環系統和心肺功能變差了，有些人站立困難，在綠色地毯上像動物一樣爬行著，練習運動。看著他們的滑稽樣子，對於程一平和其他醫護人員來說是習以爲常了，而他總是心懷憐憫，有些傷害在從前是一輩子不可恢復的。更先進的人造重力太空船即將出現，或可以讓太空旅行的後遺症減少些，而火星這兒有著0.4G重力，還算是舒適的窩，不必擔心喝水或排尿時，液體飄浮出去，或重力的不適，也不必擔心男女做愛的困難。

火星基地的居民，都是學有專長的技術人員，頭皮下都裝置了知識百科晶片和通訊器，每個人除了個人專業外，也幾乎都是百科博學者。這時，埋在程一平頭皮下的網路通訊器叮咚響了一下，還發出長串細微的滴滴警笛聲，那是從火星地面來的急事呼叫，眼前飄浮的虛擬訊息版上顯出了中文字幕，跟著傳來蘇麗雯微笑的臉和溫柔熟悉的語音：

「程醫師，請來地面太空中心。有急事！」小雯正經八百輕喚著他，聲調平和、一板一眼，兩人感情平淡了，不見往日的嬌嗔，看來是公事。

程一平想到馬上就要與小雯見面，不覺侷促起來。他從火星地下五層的醫院病房，搭電梯直上地面。兩人曾經有過親密美好的一段。後來他帶頭激烈反對她父親蘇武的太空探險計畫，認爲技術還不成熟，帶著大批人移民不可知的外太空，艱辛危險不可測度，且根據他在禪定意識中對未來的探測，太空船將遭遇可怕的波折。小雯的父親因此與他起了衝突，出言侮辱：「你這個巫師，只會講鬼話!!」之後與小雯爲了她飼養的老貓該不該安樂死，吵得不可開交，她還怪他看上另一隻貓的女主人林雅玲，看上對方的豐胸翹臀，程一平與小雯感情差不多鬧僵了，她甚至打了程一平一個巴掌，兩人漸行漸遠，久不相問候，這回因公事相見也許是復合的機會，但程一平永遠難忘那一巴掌。

作爲一個全科醫師兼有精神醫學專長，程一平自己遇到的心靈問題也許是一般人想像不到的，他了解有時候科技無濟於事，才會尋求精神科醫師或非物質能力的幫助。像程一平這樣全科醫師兼且受過專業訓練的精神醫師、有心靈力量專長的人，是時代的優秀分子。

來到地面圓頂建築的太空中心第一研究室，玻璃罩外的落日是迷離的淡藍色，比起在地球看到的太陽輪廓小多了，只像顆小橘子，從前的藍光太陽四周散射著灰粉粒，如今大氣層逐漸豐富，夕陽的餘暉顯得偏紅，在陰暗沉鬱中散射著旖旎夢幻色彩，遠在二十光分外的地球那邊，又紅又大的燦爛美麗夕陽，只能在夢中尋找，那是曾曾祖父母一直讚美著的遙遠地球的人間世界。如今火星的地球化已有所成，逐漸成爲第二個地球，人們住的火星地下都市住宅牆壁不時會更換照明圖景，除了火星本地風光之外，也變化出地球風光的山川湖泊大海、高山森林綠野，或是高樓大廈，令人不忘地球原鄉的景色。

火星太空中心大堆的科學家忙碌著，注視著幾面巨大顯像幕中的不同數據，有人在觀察天象，有人在引導從地球和月球來的太空船，有人在注視著土星的泰坦衛星、木衛一：伊奧和木衛二：歐羅巴……等探測基地轉播來的訊息。這些無人基地，連同火星太空中心，正努力追查著一艘由火星的衛星迪摩斯建造的太空船——盤古號，它在失去控制之後，飄流過小行星帶，衝過木星的引力場，之後消失無蹤……

「盤古號一定出事了！程一平醫師當初的反對應驗了！」許多人議論紛紛。盤古號正是小雯父親蘇武所領導的太空船。

「別說什麼盤古號啦，它本來就是我們火星的第二顆衛星戴摩斯，它竟然逃走了……」有人不屑地吐槽。

「本來只是實驗用的衛星太空島，搞成這樣……」抱怨聲總是來自沉著穩健的保守者。

人多嘴雜的聒噪聲中，小雯向他欣快地招手，眉宇飛揚，之前她與他的芥蒂，好似暫時煙消雲散。靜默片刻之後，他讀出她眼裡的驚慌和隱藏的不安，表情中帶著尴尬微笑和幾分羞赧。蘇麗雯是最先進的意識領域科研人員，附掛生物學、通訊、文史哲學領域的專長，附掛的才智是來自她接受了最新百科知識晶片植入，可以隨時連線取用。

蘇麗雯帶他到實驗室。她的隨身機器人，可說是仿生人，是特別以蘇麗雯的形貌製作，有九分像她本人，很有禮貌地對程一平行禮，露著甜蜜微笑，說：

「蘇小姐很感謝你來，以前的事別介意……向你致歉！」仿生人代替主人道歉，在自己臉上打了一巴掌說，「對不起，我打自己一巴掌！哈，欠債還債，還了你……」仿生人的行動，是這個時代人際交流很好的改善方式。

蘇麗雯的仿生人領他到一個清靜房間，並拉開椅子要他坐下，桌上擺著電子顯微鏡和相關的實驗器皿。小雯跟著來到，擠出一抹苦澀笑容，不安的眉宇像清澈天空染了一片烏雲。

「根據自動系統傳回的資訊，盤古號凶多吉少。」她說，眼神和聲調中流露出久未見面的尷尬，以及對所發生事情的疑慮，像做了錯事的小女孩，擔心著自己父母親在盤古號上面的安危。她抱怨著：「我爸還半開玩笑說：『每次找到一顆新行星，就放一對異性伴侶下去，他倆就成了新星球的亞當、夏娃……』我說他在說笑話，他卻說只要加速到近光速就有相對論時間差，不必穿越蟲洞……」

「我老早就講，不應該倉促成行的，還好，我拉住妳……」要參加這趟旅程的異性伴侶結伴成對，這是基本守則，他和小雯原本就是良伴一對。程一平放開心高談闊論起來：「當初讓我們一起去不就是當了亞當、夏娃啦？哈，也許真的做到了，我們就變成創世紀的主角……」程一平打趣著。「很浪漫的想法，電玩遊戲的玩法啊……」宇宙的浩瀚和不可思議，絕對是渺小人類所無法想像的。這也隱喻著當初地球人類的來源，說不定同樣是被亞當夏娃殖民的歷程。

盤古號原來只是一顆繞著火星赤道旋轉的火衛二的富含碳的小衛星，平均半徑六．二公里，內部本來就有的坑洞，被利用打造成可居住而能自給自足的人類生活環境和太空船，上面住了一百零八人，共五十四對異性伴侶，原本是居住在火衛二戴摩斯上的基地，用以實驗從事多年太空航行自給自足的可能性，經過科學家事前計算，如果在封閉狀態下生活，居住五十對夫婦便可以免除近親通婚的問題，而且經過拉里．楊恩—基因控制[1]，保持一生中一夫一妻，效果達到七成以上，就盡可能阻絕了婚外情糾紛。這是過去很多科幻小說和電影的末日情境都曾探討過的問題，就像《聖經》的〈創世紀〉第十九章提到索多瑪與蛾摩拉兩個城市的毀滅，以當時的世界觀來說，有如世界末日，以至必須父女同寢才能生育繁衍人口，這是倫理法則讓位給了生存法則。

這艘盤古號太空島，必要時可以使用奈米機器人擴建室內空間或設備，增加容量，以安置更多繁衍的人口。盤古號是一艘改造自火星小行星的太空船，可以說是一座小型太空島。

1 拉里．楊恩—基因控制（Larry Young- Genre Control）：是拉里．楊恩在二十一世紀初實驗將大草原田鼠一夫一妻制的基因移植到雜交的老鼠身上，讓實驗室一般老鼠變成一夫一妻制，每種動物大腦對與社交行爲的相對的腦縮氨酸，都有不同版本的接收器，小說假設這項實驗用在人類身上獲得百分之七十以上的效果，適合用在盤古號上太空旅行的人。

如今，經過一年的實驗之後，確認它是天然可以避免隕石和輻射傷害的星體，正好提供建造太空船的便利。盤古號的出征代表的是人類拓展太空邊疆的決心。

由於以蘇武領導的科學團隊在核子融合衝壓火箭之外，又發現了太空中取之不盡、用之不竭的暗能量使用方法。他們製作了暗能量收集推進系統，將火衛二改名爲盤古號太空船（島），脫離火星引力，這項決策改變原始設計，超級先進技術引起疑慮，蘇武於是重新詮釋美國甘迺迪總統當年登陸月球決心：

「因爲困難，所以要去探險！」蘇武加上了一句：「因爲好奇，所以要去經歷！」

蘇武又提到甘迺迪的演說：英國探險家喬治．馬洛里在地球最高的珠穆朗瑪峰遇難，生前，有人問他爲何要攀登珠穆朗瑪峰，馬洛里答說：「因爲山就在那裡。」蘇武說：「那麼，太空就在那裡，第三個地球就在那裡，我們必須出發，理由夠了吧？」最終盤古號啓航了。

盤古號緩慢加速，在過去兩年八個月的定時回報都很正常，但是通過小星帶，進入木星引力圈後卻失去聯絡了……

程一平注視著蘇麗雯蒼白的臉，她顯得心事重重，語帶哽咽，她低著頭在尋思該怎麼說下去才適當。他安慰她：

「放心吧，他們本來住在仙境裡，配置了先進的機器人，遇到困難都會解決的……就像我們的祖先當初移民火星也一樣……」

「盤古號斷訊了，本來一直保密，但是不能這樣下去。」小雯說：「倒數第二則訊息，說是情況很嚴重，是他們精神醫師發來的，他們需要的不是物質或技術援助……那時太空中心的高端科研小組正在討論解救方案……」

「有人說盤古號已經離開太陽系，通過蟲洞，躍遷到二十光年之外了。」

「那……又怎麼樣呢？」他不解地望著她。

「訊息中說，很多人精神病發作，首先發作的竟是精神病醫師，屬於躁鬱症，百分之九十的人無法適應長年密閉空間的生活，處在狂亂狀態中，有的則是精神分裂……」蘇麗雯眼眶盈滿了淚水，繼續說：「最後一個訊息是，他們之中大部分的人都陷入狂躁或憂鬱狀態，有人自以爲很行，企圖打開艙門逃離太空船，起了紛爭，失去控制，情況混亂，通訊中斷了，目前在飄流狀態，火星太空中心一直保密著……」

「我了解，一個躁症發作的人，是會做出很離譜的事，包括自以爲可以駕馭任何人、任何事，自以爲無所不能。精神分裂症患者對於時間、空間的感覺是麻木的，活在自己的時空體系中，人類歷史上有很多名人是這樣……妳爸媽還好嗎？」

「最後一次訊息是電腦發送的。根本沒有爸媽消息了。」小雯說。

程一平沉默著，牆壁上的大螢幕，出現了盤古號出發前的景象，裡面的成員都是精挑細選過，屬於高知識分子，各有專長，身強體健，充滿星際探險的決心和熱忱，到太陽系外定居移民，只是可能的方案之一，萬一不行，盤古號將永遠成了流浪行星。

「這幾天，我作了可怕的夢，好多屍體飄流在盤古號艙外太空中，我擔心是人口問題或內部動亂帶來不安。」蘇麗雯的紅眼眶中有晶亮的液體閃爍。

「不過他們都接受了基因控制，保持一夫一妻制，避免混亂的人際關係，不至於有什麼問題才是。」程一平安慰她，雖然他明知控制的方法只能保持百分之七十的有效性。

蘇麗雯沉思了一會兒說：「你可以藉著你的意念影響微晶片吧，你先試試看，再告訴你爲什麼，多試幾次，應該是可以輕而易舉做到的。」

程一平很難想像，蘇麗雯的老爸老媽飛向星空深處，女兒在火星上出生，親情的懸念只能維繫在虛無空間。在蘇麗雯的催促和建議下，他在顯微鏡底下使用意念操控著晶片的行進方向，逐漸向一堆雙凹形的圓盤體紅血球靠近，它們側向排列時，堆疊得像一串錢幣，又像一群小朋友身體靠著身體在活動。他以意念控制著晶片游過一排紅血球，穿破細菌體，從另一邊鑽出來。如果是用來治療人體疾病的話，這也是一種微型的標靶攻擊器呢，量子力學所謂的「心靈影響物質」在他和小雯的實驗下再一次驗證了。

「你先來看看顯微鏡下的東西。再跟你說清楚……」蘇麗雯對著他下命令似地指派。

程一平注視著電子顯微鏡底下，微小的電腦晶片有如細胞大小，正由幾十隻帶著微弱磁性的細菌推向前游去，細菌擺動的尾巴產生動力作用，在他旁邊的蘇麗雯靠過來分離細菌，他看到晶片在血管中靜止了。接著她按下一個鈕，啓動了磁鐵的磁性作用，微粒晶片轉變了方向，以每秒數十微米速度在人體血液中移動，她放開了鈕，晶片靜止不動了。在紅外線波長、細胞和細菌的數量級尺度下所觀看到的世界，可以相比於現實中地面道路上的車子或水流中的漂浮物在游動。

「給我看這個……有什麼用嗎？」程一平不解地望著她。

「那麼，再逐漸增加數量，控制兩個、三個、四個微晶片……以至一個群集，試看看……行嗎？」

程一平還弄不清楚她葫蘆裡賣什麼藥。

「我想一定沒問題的。」美國人高華德不知什麼時候走進來，插了嘴。

程一平集中心力之後，開始隨心所欲地控制眾多微粒晶片在顯微鏡下的血液中活動，然後，他被要求對著漂浮空中的微粒晶片組使用念力下令，讓它們形成固定的形象，蘇麗雯解釋，那是火星太空中心研發出來的微粒晶片，每一個微粒晶片都只有細胞大小。

「是這樣的，太空中心想藉助你的念力，去看他們，了解他們發生了什麼事，幫他們解決問題，如果他們還活著的話。」蘇麗雯繼續說，她應該是從頭皮下安置的百科晶片取得了資訊，她說得緩慢而字正腔圓，好像在腦裡過濾、梳理資訊後才吐出話：「當初盤古號之所以能源不絕，是因爲發現了暗能量場，被稱作第五元素[2]，這原來是用以驅動宇宙加速膨脹的力量，在盤古號則用來作爲主要的推進系統。」

蘇麗雯說話的同時，她隱形眼鏡的網路系統立刻有了歷史畫面，顯示幕出現一顆有如帶殼花生形狀的小行星太空船，在茫茫星空中航行。

□

程一平回到家時，家裡的妙妙貓對他說：

「好奇怪，他們想要派出群集微粒晶片太空船去查看盤古號，幫助裡面的人，你是醫師，具有特殊念力，聽說他們就選中你了。」妙妙貓又補了一句：「我在太空中心的交談網站裡無意中聽到的，只有簡單幾句話，我還以爲聽錯了。」

程一平並不明白怎麼回事，心想盤古號也許還在太陽系內，比太陽系最近的比鄰星半人馬座還遠，他如何幫得上忙呢？

追日號又是怎樣的太空船？

程一平搞不清情況，只顧忙著爲新來的移民處理他們的健康問題。包括爲其中一個女孩子更換心臟，來不及使用心臟細胞培養法製作心臟，於是他們使用３Ｄ列印技術，以細胞爲材料，列印出一顆心臟，幫她更換，要是他們能搭最新式的太空船，有著昂貴的旋轉太空艙產生重力，就不會招來這樣的麻煩了。

幾天以後，蘇麗雯和太空中心的高華德主任找上他，把他帶到火星的粒子加速器，那兒屬於奈米科技研究所，他終於明白怎麼回事。

有著美國人血統的金髮藍眼高個子，高華德說：

「程醫師，現在要告訴你的是，我們打算使用分子太空船去追盤古號，這就是所謂追日號太空船，其實只是一束粒子，是一群只有分子大小的微晶片探測器，每一個粒子晶片裡都有感應器、照相機和無線電發射器……它們將由火星的粒子加速器發射出去，相互定位拍照，有效地接近光速，接近盤古號航線上，並且進入盤古號太空船內勘察，你的念力必須跟隨著晶片太空船……」

「這是個超凡任務啊！就是在遠端操作救援啊……」程一平說，想著這一次出征是一次驚奇體驗。

「放心，我會在旁邊照顧你的。」小雯說。

□

2 第五元素：物理學上第五元素是指除了重子、光子、微中子、暗物質外的第五種要素，被認爲是暗能量。

程一平被安排在火星的粒子加速器旁邊的房間躺著，兩隻眼睛被黑布眼罩蒙著，盡量把神識集中在粒子加速器的運作上，傾聽聲音，以心念捕捉影像，在過去，每當碰撞機中發射出一束粒子，電腦根據海量數據轉化爲聲音，經歷的時間也成了音頻長度，如今改爲分子大小的微粒晶片，同樣做了對應，聲音是激發念力與微粒晶片太空船連結的第一步。最後再與超感應探測器聯繫上腦神經網路，甚至將探索的結果以影像顯示在螢幕上，正如把一個人作的夢影像化。

身爲醫師，他當然了解大腦只是個放電器官，能將電訊由一個神經元傳到另一個神經元，一種跨顱性刺激（ＴＭＳ）的儀器使用，頭部可以連接刺激大腦而無須打開大腦，會引起局部腦細胞的興奮感應，強力磁場通過皮膚及頭骨，短暫的磁場脈衝持續幾微秒鐘，經過準確定位的磁場發生作用，腦神經細胞反覆放電，神經元產生電流，當大腦的千億神經元通過個人的念力擴大想像成涵蓋整個宇宙銀河星系時，人與宇宙合一，微粒晶片太空船傳來的訊息便可以輕易被捕捉到，念力與微粒晶片太空船就會同步前進。

「發射！」

旋轉的巨大粒子加速器發射出一束微粒晶片，無數微粒太空船朝著盤古號的方向出發。

那時候，程一平依著自己的心念能力，想像自己將腦部千億神經元，向著銀河星系展開，與微粒太空連結，神識逐漸搜索攫住了微粒晶片太空船，與之連成一體，一千艘微粒晶片太空船在太空中以只略低於光速百萬分之一的速度前進。

「超距傳感啓動！」

程一平躺在特製的躺椅上，頭部和四肢連接著電極，牆上的監視螢幕可以綜合顯現微粒太空船通報回來的星空訊息，來確定搜索的結果。理論上達到光速的百分之八十六，便會使時間變慢一半，即火星上兩年，太空船一年。如今以接近光速前進，因爲相對論的時間膨脹效應，追上盤古號時，那兒也許脫離了太陽系的邊疆，而且使用群集微粒晶片太空船，群體同時搜索，相互通報聯繫，很快地定位找到目的物。

如果有什麼事會讓程一平掛念的，便是船上一百零八人的安危，其中還有小雯的爸媽。他在焦慮中努力把一些心念的影像推到眼前的顯示幕上看個清楚，在類似禪定意識狀態中隨著微粒晶片太空船前進，他明白，此刻自己大腦裡一千億個神經元細胞正發生作用，憑著超常感應力，細胞有如靈敏的接收器，每個神經元又跟一千個神經元連結，合起來產生數以百兆計的網路，變成一個超常靈敏的網路大腦，它本身就是個電力器官，將之想像放大到無限空間就是一個宇宙探測器，投射出無數的思維意識網路，連結了微粒晶片太空船，網住天幕中的無數星星，追蹤盤古號太空船……

02 火衛二，盤古號太空船（島）

蘇麗雯的父親蘇武，作爲盤古號太空船（島）的領導人和策劃人之一，必須做到鐵面無私，只有無所不在的超級電腦發生情況不能執行工作時，他才得上場擔任指揮，那是避開人性偏差的最好管理方式。

事情要從二三三五年人類登陸火星三百年之後說起。

蘇武所領導的一群智高膽大的科學家和工程師，結合先進的量子電腦設計，建造了火衛二：戴摩斯的生物圈，本來只是實驗作爲密閉空間的殖民基地，太空島內有醫院、工業農業區、住宅、娛樂健身設施和政府管理人，遇到損害可以自我修復、更新、自給自足。蘇武和他的團隊又成功設計了星際衝壓式融合引擎，規劃將火衛二改造爲太空船，在它的前方有如一個霜淇淋筒的漏斗，舀取飄浮散布空間的氫原子和暗物質作爲燃料，透過核子融合反應過程，在機器後面噴出，推動前進，可以無限期地在太空中航行，最終達到光速的十分之一。

「這樣的速度仍是非常低階原始的！」蘇武十分明白，大家也能了解接受。

居住在裡面的異性伴侶，逐漸產生了全體共識，剛好發現太陽系邊界的歐特雲，這個包圍著太陽系的球狀雲團，有如圓罩，距離太陽有一光年之遙。土星的泰坦衛星基地的探測機器人還發現了一個蟲洞，那兒是數以兆計的彗星的來源，新彗星就是通過黑洞不斷冒出來，取代那些形體逐漸消散不見的彗星，正如二十一世紀科幻電影《星際效應》——由理論物理學家索恩指導拍攝描述的蟲洞，它是眞眞實實存在著的，科學家計算，可以通過蟲洞以超光速抵達另一空間，前往第三個地球，加上空間的航行，估計可以在幾個世代之內抵達。對新世界的嚮往，促使移民者壯大了心胸和熱忱。如果沒有成熟的科技後盾是不敢貿然嘗試的；而其中最不看好、反對最力的就是程一平，他依據現實的評估和恍惚狀態中的神識探索，看見了未來不利的光景，早已提出了警告。

「脫離火星臍帶！」

「前往新世界！」

呼聲響亮，凡是地球、月球和火星的人都被震動了。

火衛二基地上人人繃緊了神經努力地規劃航程，把衛星當作太空船脫離火星軌道，最初的航行過程中，太空中心不斷給予指導，甚至可以經由遠端操作儀器。人是一種奇怪的動物，一旦還有未知或新奇之地，便會激起好奇心，想要探索究竟，或前往一遊。人類開發火星的艱辛過程中，最重要的水資源是來自使用機器人捕捉彗星去撞擊火星，彗星是冰塊組成的星體，大量的水分得以在火星地面形成湖泊或河流，這也造成火星的加速開發，當第二個地球逐漸成形之後，火衛二基地的殖民者便興起前往第三行星的念頭。眾聲鼓噪：

「出發！」

通往第三個地球的世界，盤古號的目標是前往一顆適合人類居住的行星葛利斯581d，它繞行位於天秤座的紅矮星，距離地球二十．五光年，在葛利斯星系排行第六行星，葛利斯只有他們太陽的三分之一質量，光度百分之一，581d是一顆非氣體的岩石星球，有著豐富的水分，表面平均溫度在攝氏十度左右，屬於人類的宜居帶，質量和面積跟地球相若。

長程太空旅行的人本應該很平靜安詳的，盤古號的五十二對伴侶加上船長、副船長夫婦剛好五十四對，一百零八人，合成兩副撲克牌的數量，人們可以在太空航行中玩人體撲克牌遊戲，玩的時候也保持了肢體運動和樂趣，每個人都有自己的代號牌，異性伴侶的花色是一樣的，兩副牌就分成男撲克及女撲克，要玩的時候是以單一性別的牌色出列，只要人形撲克保持清醒狀態又有精力玩樂。

每個男人抽籤取了《水滸傳》一零八好漢的天罡三十六星，或地煞七十二星爲綽號，在玩樂的時候相互稱呼。於是又有了霹靂火、小李廣、小旋風、花和尚、美髯公、拚命三郎、兩頭蛇、呼保義及時雨、神醫、一丈青、混世魔王、小霸王、獨角龍、一枝花、金毛犬，以及白日鼠……隨人喜好各取爲綽號名之，在健身活動時就以綽號相互打招呼。

女人們不願參與天罡地煞的分配，就以太陽系上所見，天上八十八星座的名字自稱星座皇后，比如仙女座皇后、天燕座皇后、寶瓶座皇后、天鷹座皇后、鹿豹座皇后、巨蟹座皇后、摩羯座皇后、仙后座皇后、半人馬座皇后、仙王座皇后，及鯨魚座皇后……每位佳麗都滿足於自己身分。

她們期待生下更多女兒增加人口，便可以擴充星座皇后人選。

「人可是有一百零八種煩惱呢！」充滿遐想的年輕女孩，閃著烏亮眸子，手摸胸前的白色瑪瑙念珠打趣說：「這是佛教的說法呢，也是我參加這趟旅行的依靠。念珠就是一百零八顆，隨時念著念著，尋到西方十萬億佛土啊！」

「No，我們都是未來的亞當、夏娃呢！」不管基督教徒也好，非基督教徒也好，都有這個夢幻想法，如果在一顆美麗溫暖的星球降落，只要其中一對夫婦單獨在新的伊甸園生活，繁衍子孫，成為開天闢地始祖，若干萬年後，便可以形成一個有如當初地球的文明世界，這也許只能在虛擬遊戲中實現。

「達不到光速旅行的話，休想！」宇宙學家兼工程師潑來冷水。「盤古號跟幽浮比起來，還是慢吞吞的。」

大部分的人在休閒時著迷於電動玩具，尤其是星際旅行有關的項目，人們身在其間，也從星際旅行遊戲中得到新奇興奮、新的體驗，而樂此不疲。然而在低重力中生活，產生了生理問題，於是在健身房裡，大家談論的話題集中在身體。

「我的視力模糊，很不清楚呢！」健身房裡，綽號仙女座皇后的白皙女人一邊踩著腳踏車，一邊揉著眼睛，脖子上掛著毛巾，隨時能用來擦汗水。如果在無重力下掉眼淚，淚腺把眼淚擠壓出來後，眼淚會掛在睫毛附近掉不下來，或者飄走，帶來麻煩。

旁邊跑步的男性馬上朝仙女座皇揮手，輕輕哼起一首過去流行的宇宙歌：

無重力太空中，得忍住眼淚
不管有多悲傷有多累
星星太陽是我的安慰
親愛的爹娘、家人和朋友
喝口相思酒
夢裡再相會

「我肌肉萎縮無力。」管理農場的專家說。

「我老公身子越來越長，竟然長高幾公分。我也快一百八了……」那是脊椎和骨骼關節被拉長的關係，說話的女性電腦專家，只穿著三點式比基尼的身材曲線畢露。

「嘿嘿嘿……那麼，妳老公可以發揮長處囉。」

爆開的笑聲傳遍了整個健身房，眾美女裸身的晶瑩汗水微微震動。

03 暗黑無界 躁鬱生命

盤古號核子融合動力系統只能解決推進太空島的能量和內部供電之用，直到黑暗能量系統研發完成，加入運作，讓整個太空島旋轉產生了人造重力，人們感覺到了行走和活動的方便，不再在缺少重力的飄浮環境中生活，但只能有火星地表G力的四分之一，等於是地球的十分之一，差強人意。然而，古柏帶到歐特雲之間是彗星的老巢，就在盤古號即將高速前進時，數不清的彗星突然出現，盤古號來不及進入蟲洞躍遷，外太空的劇烈擾動使得盤古號航速受影響，太空船劇烈震動，在原地打轉還轉向。

冬眠艙失效了，電腦發現製造和輸送冬眠用的硫化氫氣體管路在震動中毀損，數以萬計如灰塵般的奈米機器人被派往維修管路，卻在失控狀態下把一個科技人員活生生吃光，從監視畫面所見情景恐怖異常，一大團肉眼難以看清的飛塵微粒機器人，將被害者包圍，附著在他身體，侵入他的眼睛、鼻孔、耳朵、嘴巴和皮膚，很快地把一個活人啃得屍骨無存，失控之處被封存，廢物被排放到宇宙空間。

也許不堪長途在密閉空間中旅行，不少人發生了怪異行為，最初是負責製造食用人造肉的生物科技工程師李絲莉發生了幻覺，看見幹細胞培養物的原始本尊：牛、羊、雞、鴨等變成眞實的物種出現在農園裡，那是她平常日思夜想、潛意識裡渴見的地球動物，千思萬盼能摸摸實際生物體，她在農園裡與幻見的動物奔跑追逐，毀壞了農作物和精密儀器，把雞舍裡用來生蛋的雞全部嚇飛，還自以爲是生蛋的女人，想要孵化自己的蛋，所以躲躺在高莖作物堆裡，卻碰觸到加溫用的電源線，變成了植物人。

那個信仰佛教的虔誠女信徒，只要是清醒時刻，便不斷數著掛在身上的一百零八顆念珠，聲稱看見佛陀在太空中來到盤古號，在面對機器人與她的對話互動時，佛陀煥發光芒，她的眼珠子瞪得比念珠大，她以爲面前的機器人要責備她什麼。她的說法沒有人採信，只引來眾人一陣嘲笑，最後女信徒鑽入狹小的管道進入暗能量轉換機具裡，羞憤自殺，留下她老公錯愕悲慟。

相反的情況，有個臉色光艷煥發的酒槽鼻女人，在躁症狀態對老公需索無度，隨時敞開她兩腿間的寶貝，要求老公給她無限的肉體滿足，她老公特別把她的酒槽鼻拍了照，將她鼻頭上一粒粒類似石榴狀的暗紅色柔軟隆起物，放大展示在告示板上。女人一氣之下，特別去找了一個與她同樣症狀的男人，日夜狂歡，她還說出了一個動人的宇宙旅行故事：根據古老的「相對論」計算，地球時間和太空船時間是不一樣的，如果以接近光速飛行，太空中航行一年，地球過了二十年，在太空船上二十年，地球則已過了三百年，太空二十五年，地球差不多已過了一萬年，航程時間持續越久相差越大。著名的天文學家卡爾·薩根在幾百年前便計算過，如果接近光速太空船，到距離二萬五千光年遠的銀河系中心，二十一年便可以抵達，到二百三十萬年遠的仙女座銀河系，二十八年可以抵達，如果環繞已知的宇宙一周，五十六年就可以回來，但地球經過幾百億年後，太陽早已熄滅，地球已成灰燼。這種近光速的飛行，如果是傳統火箭所消耗的燃料是無法達成的。由於太空船與星球之間的相對論時間差距，盤古號太空船的遠征中途，放出一對男女在陌生的星球上，等太空船重臨時，這顆星球時已經發展成高度文明，達到七十億人，有製造核彈、發射人造衛星和太空船的能力，他們不知道是祖先來訪，嚴密警戒外星人。

「這個故事，也是在隱喻地球人的古代歷史。」她在類似催眠的朦朧狀態中說出了話。

不知是否因此影響了團隊情緒，甚至醫事人員也不能免。指揮官蘇武在驚慌中聯繫火星太空中心，訊號斷斷續續，無法正確發出，醫事人員出醜的情況很好笑：一對醫生夫婦，被發現糊裡糊塗地赤身裸體，渾身大汗淋漓地糾纏在一起，癱軟無力躺在農園的花叢裡，當有人叫醒他們時，他倆彼此互稱亞當、夏娃，大聲叫著：

「我們在伊甸園裡！別吵我們！」亞當暴怒咆哮。

自以為是夏娃的女人，妖嬈的笑靨透出滿足的神采，從大腿到腰身盤著一條綠色藤蔓，她說是這條蛇在誘惑她認識自己的身體，茫然的眼神現出的問號有如星光繁多。

醫師們也覺得整個情況不對勁了，他們之間開始相互看病，尋求幫助，那個高大俊帥的男性總醫師找了女醫師訴說他面臨的困惑：

「最近我老是被看病的人揍。」說話的總醫師兩眼發白，兩手不自主發抖，他已失去了自信，他本來是全科醫生，但已經像他的病人一樣得了精神官能症，面對著自以為身體散發啤酒味的女醫師說起自己難爲情的事。

總醫師燒紅灼熱的眼盯著女醫師的胸脯：

「……妳不會相信的，我就是控制不了自己，不斷地洗手，覺得雙手太髒了，老是拿手去做不該做的那檔事……洗手太多次，糟蹋了水資源……甚至克制不了自己的暴露慾望，總是穿了醫師袍緊裹著身子，卻赤裸著下半身，一遇到漂亮女子，就在她面前猛然打開醫師袍……」

說罷，總醫師瞬間打開醫師袍，露出兩腿間的男性利器，他的亢奮寫在不知自豪或自卑的器官上，以及他漲紅似將噴血的臉。

女醫師並沒有因此驚慌失措，白了他一眼，沒正面回答他的問題，顧左右而言他：

「小事情啊，當精神科醫生如果不被打，就不算是醫生呢；你聽說過的，二十一世紀就流行這麼一句話呢……」

女醫陷入片刻的沉思，臉上的紅暈被牆壁間湖光山色景觀的影像蓋住了，眼前金星亂耀，她了解，精神病被認爲是二十一世紀的三大疾病之一，其他是愛滋病和癌症，如今只剩下精神病是人類大患，沒想到他們會在太空中遭遇大麻煩。

「但是我並不是因爲這樣被揍。」男醫在亢奮中抖著手合起醫師袍，遮掩了裸露的下半身，歪著脖子看她說：「病人不應該堅持他的看法是對的，這位病人說，他想把下蛋的雞殺掉來吃新鮮的雞肉，而不想吃基因人造雞肉，但他又知道這是違法的，所以在矛盾中掙扎得受不了，最後咬了自己手臂一口，血淋淋的，用他的血畫了一張《蒙娜麗莎的微笑》……」

「你說的是小事，有一位病人說『天上的星光，是天幕破了數不清的洞洞，洞外有火在燒。』這個太讓我抓狂……」女醫師憂鬱起來，臉上的紅暈轉為陰霾，她開始哭泣：「最有機會能得精神病的就是精神病醫師……」

04 第五元素　天人交感

火星基地裡的程一平靜靜躺在太空意識中心的特殊實驗椅上，進入冥想魂遊狀態。他頭皮上黏附著許多感測電極，千億腦神經的微細電流散發出去，意識精神隨著射出的數艘微粒晶片太空船，以近光速飛向太空深處，追蹤盤古號下落。有的微粒碰撞到其他天體或碎片而損毀，那些還在太空中奔馳的微粒船從不同的角度將探測結果發射訊號傳來火星基地，超級電腦將訊息組合成了畫面，有效達成目標的搜索，就在古柏帶處，這些原是太陽系碎片組成許多冰封微行星，類似小行星帶，但比小行星帶更寬。海王星是這兒的最大天體，冥王星也在這個範圍內，終於在古柏帶發現了盤古號太空船。

盤古號在飄流狀態中無所作爲，直到幾十艘微粒太空船分別以三角定位方式搜尋到它的空間位置，即將追上時，開始減速，也亦步亦趨地協助追蹤、傳回資訊，與在微粒太空船相互觀照交換資訊之後，終於找到盤古號的暗能量收集器吸收孔，只要有一艘微粒太空船侵入成功，便可以有所作爲。二十一世紀初以來，物理學家就已提出科技構想，單一的奈米機器人探測器（太空船），有能力利用當地的任何材料創造整座工廠或基地，甚至任何指定的東西，包括動植物，如今在奈米科技成熟發展的二十四世紀，這項技術有如魔法「園丁」，只要有一部極微組合機的「種子」，一等微粒奈米太空船發射抵達目的地，可以將任何物質，不管是空氣、陽光、沙土、岩石、木材、垃圾、動植物，還有任何物品分解組合，培育創造出所要東西，包括整座工廠或建築基地，或是太空船[3]。這項技術也促成火星和境外的小行星、土星與木星衛星……等太空基地得以順利進駐開發，這也應用在盤古太空島的生活項目，製造人造肉或任何用品。

程一平的神識攫住了一艘微型船，順利進入盤古號太空船內，鑽入農場的廢棄物堆裡，就地取材，微粒晶片太空船本身就是一具奈米機器，內含製作程式，可以迅速複製再複製，展開神奇的魔法製作能力，當程式啓動後，在原子層級的複製之下，很快製作完成了蘇麗雯的人體，並且穿上簡單的衣服。科學家說，兩千多年前耶穌復活就是奈米科技的複製所爲。

作爲工程師的蘇武，迷迷糊糊倒臥在電腦監測螢幕旁，他的身邊坐著癱睡的伴侶，一個白皙臉容的長髮少女叫醒了老爸：

「小雯……妳……妳……」蘇武猶如夢中，還以爲見鬼了。

「我搭奈米晶片太空船來的。」小雯一語點醒了老爸，蘇武的腦筋很快轉過來，明白怎

---

3 一九八六年德瑞斯勒（K.Eric Drexler）《造物的引擎——奈米技術時代來了》（*Engines of Creation: The Come in Era of Nanotechnology*），書中的重要論述，成爲科學界的震撼話題和努力目標，二〇〇七年重修新版。小說描寫爲奈米科技成熟之後，想像的各項可能成爲現實。

麼回事了。「爸，緊急危難啊，我們聽到電腦發來的呼救趕來了。」模擬人小雯抱住蘇武的身子，實際上，這也是程一平對過去的死對頭的擁抱。

本來昏睡在旁邊的蘇麗雯的媽被搖醒了，經過一番解釋，愣了半天說：

「小雯啊！媽媽抱妳！媽媽抱妳……」做媽媽的哭泣著：「電腦系統……失靈……出了情況了，一團亂……」

後到的奈米太空船，開始組合各種工具，也進入管線從事修理工作，正如過去奈米機器人在人體裡面所做的工作，保持了人的長春不老。經過一番整頓後，盤古號的自動監控電腦恢復工作，無所不在的電腦螢幕和揚聲器發出警笛聲，在每個角落嘟嘟響，接著發出警示和解釋，同時傳回了火星基地的意識探索和救援中心。

05 時空漣漪　人心駭浪

在火星基地的程一平半閉著眼，身邊的蘇麗雯緊握他的手，彼此手心相捏，相互傳來愛的溫度、兩顆心靈貼合的密度。在意識交感中，兩個人體和兩顆心靈合而爲一，電腦裡傳來了盤古太空船電腦恢復運作之後的廣播：

「各位旅客注意……一切即將恢復正常，大家可以清醒了。」

「本來宇宙是不斷加速膨脹，我們也偵測到星系後退得比光速快的宇宙極遠的邊緣，空間膨脹時的光波被拉長了；宇宙可見部分其實比一百三十八億光年的半徑還大，光子行進的同時，行進的空間也膨脹了，估計在它到達我們之前，依旅行時間計算，已經大到三倍距離，大約四百六十億光年的半徑……」

「我們身處其間的物體不會變大……處在宇宙的皺摺波紋區域，經歷快速急縮的震盪，正是通往蟲洞未曾預估到的現象……」

「最新的偵測發現，因宇宙膨脹過程中，時空結構的局部區域激起漣漪，也就是大霹靂最初的震顫延續著，由蒐集暗能量主導動力的盤古號太空船在通過局部波紋時被激烈擾動，區域空間擠壓，我們正好處在宇宙膨脹轉而收縮的局部臨界點上……」

「這是創世以來就一直存在的現象，佔有宇宙總能量密度三分之二的第五元素——黑暗能量無所不在，像鬼魂一樣無法觸摸，不明強烈衝擊波來襲，宇宙加速膨脹的過程，暗能量產生了副作用，由於我們啓用暗能量推進器，在太陽系外圍產生了激烈震盪，就像宇宙細微部分的漣漪波瀾，影響了人類心智。」

「宇宙大尺度不斷膨脹，面對熱力學第二定律的未來毀滅，小尺度脹縮擾動有如波紋擾動，在太陽系外圍圈，重力透鏡區域是對生命嚴重的挑戰，地球、火星則不明顯，難免產生躁鬱症、精神官能症、精神分裂症，肉體在對抗宇宙的微細波紋擾動，有人不堪負荷而失常，也產生偉大超凡的天才和傑出人物，比如牛頓、哥德爾、托爾斯泰、狄更斯、貝多芬、達爾文、邱吉爾、林肯、米開朗基羅、趙匡胤、朱元璋……」

顯示幕出現了一句發人深省的話，還有霍金坐在輪椅的照片：

宇宙沉默迅速地航向毀滅，生命是唯一小小的反抗。

太空中心每個人都同時唸著霍金的名言，程一平緊握著小雯的手，心中感動不已，他喃喃自語：

「宇宙脈動連結了躁鬱之心，宇宙寒毛也能掀起人心駭浪。」

〈躁鬱宇宙〉完

〈躁鬱宇宙〉創作理念、故事梗概、靈感來源

世界人口中有一定比率患有精神病，就連精神科醫師本身也不能倖免，統計指出精神科醫師得到精神病是常人的好幾倍，而精神病醫師自殺者的比例又比一般人多上許多，更比一般醫師自殺率更多好幾倍。

本篇小說探討人在宇宙中不可避免的宿命，由於現在的主流科學認爲宇宙正不斷加速膨脹，最後在熱力學第二定律中死滅，對於另一種說法：「宇宙膨脹之後會再收縮回來」，這樣的概念，一般被認爲不可能。

小說假設宇宙某處局部空間中的細微擾動，膨脹收縮臨界值發生區域，有如產生了宇宙漣漪波紋，影響了向外太空移民的盤古號太空船（一艘由火星的第二衛星戴摩斯打造的太空船）上的人類，火星基地的太空中心派出奈米機器人微晶片太空船前往救援，它是由具超感覺力（念力）的火星科學家所追蹤操作，奈米機器人一到目的地，便可以就地取材，使用任何物質或廢棄物製造出一切想要的東西，甚至仿生人……

小說中使用念力追蹤奈米微粒太空船是個人創見，考量光速的限制問題，不能讓盤古號太空船走得太遠，故只在太陽系外圍被發現出了狀況。

小說中也猜測地球人類本身的精神病人口，可能與宇宙有微妙連結。

關於生命與宇宙的關係，無神論者科學家卡爾・薩根曾指出瀕死經驗的過程，目見白光是一個共同現象，薩根猜想這可能連結了人出生的歷程（從產道出來見光）和宇宙大霹靂創生的光，詳見另一篇四千字的小論〈科幻與靈異探索〉。這篇小論一直不大敢太張揚發表（僅在小刊物刊出），擔心有科幻作家看到了其中的點子寫成科幻小說，如今我自己寫成小說就比較少擔心了，不過這小說理當寫成中長篇小說，才有更大的「插旗」效果，且待努力吧。

本篇創作受到薩根（Carl Sagan）的啓發，我用小說擴充了薩根的概念。薩根的概念和闡述，請看我的小說〈科幻與靈異探索〉（發表於福建《科學與文化》月刊）。

地月臍帶

很久以前，地球與月球之間原來有一條超級交通管道，就像一條巨大的臍帶，把衛星與行星連接起來，在裡面可以行駛超高速電梯，以代替老式的太空船飛行往返，還可供作太空健行旅遊活動之用。一位叫陳克華的科幻詩人激發了某些人的靈感，稱之爲「星星的項鍊」，因爲它在太空看起來是一條美麗輝亮的鍊子。也有人稱它爲「太空臍帶」。

但是……

在經歷漫長的太陽系外旅行活動之後，天文工程學家杜以信剛剛在沉睡中甦醒，便聽到可怖的全船警戒鈴聲，在他還沒有來得及弄清楚是怎麼回事之前，機器人侍衛便拉著他起身，搖撼著他的肩膀，對他吼著：

「壞了！壞了！他們打起來了！」

「什麼？」杜以信吃驚地望著機器人那張惶恐怪異的臉：「你說誰打起來了？」

「月球跟地球打起來了！」機器人指著牆上巨大的立體影像幕說：「你自己看吧！」

影像幕上顯示在深黑無盡的太空裡，除了如碎珠般靜靜懸掛著的星點以外，在近處有些閃亮的爆炸光芒正此起彼落地忽明忽滅。

杜以信怔住了。

幾秒鐘後，他快步趕到觀測艙。所有的視窗都灌進了一閃一閃的光，船艙也因爲受震盪而搖擺不已。他趴到其中一扇窗上，注視了一下太空戰爭的奇景，吃驚地看到他費盡心血所規劃設計完成的地月超級交通管道，像斷了線的項鍊般裂成了千段萬片，發散爲無數的光點，成爲星塵微粒，消失在太虛之中。

「媽的！怎麼會這樣呢？」他咒罵著，幾乎要哭起來了。幾個船員在一陣突來的震盪中，像被超級旋風捲過飛了起來。杜以信意識到全船可能就要在瞬間毀滅，天旋地轉般的劇動過後，耳際傳來電腦輕柔的語音：

「我們中彈了！必須棄船！必須棄船！」

「緊急救生艇倉庫爆毀，救生艇無法使用！」

「請各位趕快躲入救生蛋裡面！」

「請各位趕快行動，躲進冷凍救生蛋裡面避難！」

迷迷糊糊間，好像有人拖著他走，把他塞進一個小小的蛋殼式藏身處，腦際一片轟隆轟隆聲，剛張開眼睛便看到艙門關了起來，眼前一片漆黑，在他還沒有進入冷凍深眠之前，他下意識地叫著：

「出了什麼亂子會搞成這樣？那條臍帶！那條臍帶……我的心血都白費了！他媽的就這樣變成碎渣！他媽的……」

幾分鐘後，他的意識逐漸模糊，進入不可知的混沌世界，就像一隻冬眠的蟲。

太空船爆炸了。許多白色發光的蛋殼式物體，疾如流星般地迸射出去，飄流消失在浩瀚無垠的星空。每一個蛋殼裡面都保存了一名人類，等待著被發現救援，否則只有成爲永恆宇宙中一個微小的天體、一粒微塵……

月球的都市以泡沫狀的透明塑膠圓頂保護著生靈，免受外界環境的傷害。它密密麻麻地分布排列著，從太空望去，有如一大片晶瑩亮麗的光海，是個迷人的奇幻世界。太空船就從月球起飛，巡行各處。

在杜以信寄生的金屬蛋殼被人從太空中發現並加以攫獲之後，蛋殼移進了巡航艦的救援室，醫護人員設法打開了它，復甦裡面的冷凍人。

「他是個有名的天文工程學家！」一個人說。

「杜以信，就是那條地月臍帶的原始設計人。」另一個人說。「他是被特別設計的超智人，當局要我們好好照顧他。」

他的自我意識開始在現實中逐漸恢復，恍惚間，片斷的事物在腦際閃電般飛過，他的機器人侍衛……他原先從太陽系外搭乘回來的那艘太空船……那條他精心設計的地月間的超級交通管道……在驚天動地的劇變中自己被推進救生蛋裡面……還有星際戰爭……

「到底是怎麼打起來的？」他問。眨眨眼，望著周圍陌生的醫護人員和機器人。

在場的人互相對望了一下，一時想不出適當的話來回答。一個機器人伸出它的手握住杜以信的手，以略帶憐憫的眼光看著他說：

「杜先生，你已經睡了五百六十年了！」

「哦？我睡了這麼久？」

「你問的星際戰爭是五百六十年前的事了。」

「怎麼會這樣？」

「說來話長，地球在核子戰爭過後，被野心家所統治，環境也一片髒亂，實在太可怕了！月球不能接受他們的生活方式，不能在恐怖和污穢的環境中受威脅，所以發生衝突……」

「那條地月管道──那條臍帶完全毀了？」

「不錯，兩個世界的文化差異，造成月球和地球隔離了五百六十年……」

在驚疑間，杜以信摸摸自己的臉頰和頭髮，他幾乎不相信時間已經過得這樣快，彷彿還在耳際聽到太空船面臨緊急情況時的混亂嘈雜聲音，彷彿還看到船員們東倒西歪在船艙內飄動急旋的情景，還有窗外星空裡的爆炸閃光。

「要找到你眞不容易，」那個機器人和藹地笑著。「我是愛你伴──人類心理學家，我會好好服侍你的。他們說，你有超人一等的智慧，你眞了不起，到銀河去留學……」

「你話可眞多！」杜以信白了愛你伴一眼。

愛你伴還是一副嘻皮笑臉的樣子。不愧是人類心理學家，在它察覺到杜以信情緒不穩之後，設法引開他的注意力，先帶他去走動走動。

「我們正在火星附近的航線，正要回返月球時，在太空中發現了你。」愛你伴說：「你還算幸運！總算還活著。」

杜以信走到窗前，凝望著滿布繁星的太空，在他過去的旅遊及留學生活中，曾與各式各樣的外星人接觸，並學習了天文工程技術，了解到重組天體的奧祕，看盡宇宙的滄桑變故，卻不料地球與月球的人類世界經過五百六十年，已經成為另一種型態。

機器人愛你伴的手拍著他的肩膀。聲調是永遠不變的溫柔慈愛：

「就快回家了，先生，我就知道你會想家的。」機器人指著前面那顆亮麗晶瑩的星球說：「看，月球跟五百六十年前絕對是不同的，就是火星、金星和其他星球也都住滿了外星人，還都跟月球維持了貿易關係。」

放眼望去，由月球大都市所連接而成的一大片光海，有如一面巨鏡發著炫人亮光，在墨黑色的太空中成為光芒萬丈的星球，那幾乎是他所無法辨識的輪廓，五百六十年的進步畢竟是太驚人了。他想到曾在地球西藏高原那個叫永恆之城所認識的女孩子，明眸皓齒，一對甜蜜的小酒渦淺淺地掛在笑靨上，她的鼻子在她沒有戴上空氣篩檢程式時，顯得俏而美，大小勻稱的嘴唇使她笑起來現出優美的弧線，他相信，她就是芳香與甘露的化身。但如今的地球呢？

機器人人類心理學家已經讀出了他臉上的疑慮，以它敏銳的感應力洞知了這位天文工程學家的心事，它操著那經過特殊設計過的溫柔語音說：

「你在擔心著什麼嗎？」

杜以信的視線離開那顆巨大的亮星。「你說那就是月球嗎？我怎能相信呢？」他的感嘆驚訝多於他的疑問。

「你在想著地球吧！」機器人的眼眸閃著光，它那靈敏的偵測系統對於人類的心智具有奇異的透視力。

杜以信苦著臉望著這個與人類唯妙唯肖的機器人。他不得不相信這架具有人性的機器正在試圖解開他的心結。他含含糊糊地應答著：

「地球怎麼了？我當然想知道情況……」

機器人愛你伴帶著他到另一個視窗。說：

「你可以在這裡看到地球，不過地球已經害了重病。」

眼前呈現一顆遍布黑色雲煙的球體，迷霧蒸騰，如萬叢污穢的髮絲錯亂地捆紮著一張晦暗不清的幽靈怪臉。

「天！怎麼會這樣？」他慘叫著，幾乎哭了出來。

「地球已經成了暗無天日的世界，如地獄般可怕！」機器人說著，用手指著牆上的影像幕：「你看！」

影像上出現了地球上幾乎已凝結成為泥漿似的半固體海洋，腐爛的垃圾與動植物的屍體散亂地漂浮著，濛濛黑氣瀰漫著。在陸地，成群結隊的鼠類和蟑螂到處橫行，爬滿了路面和斷壁殘垣，行人或車輛駕駛都佩戴著防毒面具，身穿防護衣。每座都市都以許許多多的圓頂透明罩子維護著安全，使人類不至受害，人們透過罩子可以看到如潮水般洶湧奔竄的鼠類，在堆積如山的垃圾上鑽動，有時密密麻麻的蟲子從天邊飛來，幾乎遮蔽了整個天空。

杜以信想起那個叫作田田的天使般的長髮西藏女孩，在那高原之上，環境的污染破壞必也不能避免。他曾經與她有過一段恩愛甜蜜的日子，也無法忘懷與她之間的誓言，而現在，整個地球像什麼樣子？

杜以信無限悲痛地掉了淚。「橋斷了！」他吶喊著。「那條地球與月球之間的交通臍帶斷了。」

「不能再想想辦法嗎？」他沉重地說。

「地球與月球的人類原是同一個文明世界。」機器人說：「你知道的，地球過去在太空看起來是一顆有著美麗大氣層的藍色星球，現在卻不可救藥了。除非它能自己振作，尋求改變，並且眞心眞意地如地球當局所說的『向月球學習』……」

太空船朝月球的光海駛去。那是多少世紀以來人類開發建設所完成的新天地，在星際間它以太空工業成品遊行貿易，馳名遠近。儘管面對質量比它大八十一倍的地球，月球維持了長久的安定繁榮。一些從火星前往地球旅遊的火星公民，不管是金色的硬皮生物或入籍火星的人類，他們從地球上所看到的月球，等於是夜裡另一顆較暗的太陽，它就那樣穿雲破霧放射光芒，給黑暗混沌的地球帶來光明。

回到月球以後，杜以信所受到的熱烈歡迎幾乎是空前的，那些好奇的新聞記者，手裡抓著立體攝影機對著他猛照，直把他當成英雄人物。

「你知道五百六十年來發生多少變化嗎？」那個月平線公司的女記者對他大聲問。

「我知道，我在太空船上聽說過了。」

「我們目前最困擾的是火星人……這個殖民地不再理會地球。」女記者說話時目光凝視著他，使他想起一張熟悉的臉，那個明眸皓齒的西藏女孩，微笑時露出兩個淺淺的酒渦，現在他同樣在這個少女的兩腮看到那似曾相識的酒渦。

「嗯──這個……」他無法抑制心中的忐忑，有些什麼撩撥了他的心弦，他有一句沒一句地說：「地球是我們人類的……人類的家嘛，我們……當然希望它轉變得好一點，不過，如果它影響了月球，也是應該的！」

機器人人類心理學家察覺到他的異常，它的手在他背部拍了一下，搶白說：

「杜先生回到月球來，最希望能輕鬆一下，也許各位可以少談一點嚴肅問題。」

杜以信朝愛你伴瞪了一眼：「別這麼說！」他心裡對於那條被戰爭所毀壞的地月超級管道仍耿耿於懷。當他轉頭對著觀眾時，看見那個酷似張田田的女孩身邊來了一個金色硬皮，還有四隻手的火星人，正朝著杜以信招手，意思是要發言。

「火星人！」杜以信指向硬皮生物。

「請問杜先生，你想不想到火星來看看？」硬皮生物火星人皮膚帶著高貴的金色，是從銀河系移居到火星的高等生物，當他說話時，長在上半身的四隻手還不斷地比來比去，圓筒形的身子轉了轉。

杜以信有些沉不住氣而微微發顫。火星人的一隻手正摟住那個酷似張田田的女孩腰身，一種幻覺起自他的腦海，彷彿那西藏女孩正被一個怪物所霸佔，使杜以信忍無可忍。

「請問天文工程學家，」火星人換了一個口氣問，他的一隻手正握住那個美麗少女的手。「在你許可的範圍下，我們都想了解你對星際局勢的想法，想知道你的眞正感受。」那個使他望之心動的女孩，也正圓睜著大眼注視他，兩腮微露淺渦。

杜以信握著拳頭重重地捶了一下桌子，不知道哪來的一股氣從體內一下子爆發出來。

「狗屁！」他吼著，有如炸彈一般發出巨響。

「但是現在已經只有機器狗了。」火星人不慌不忙地幽他一默。「狗都是不吃東西、不拉屎的機器，都是寵物！怎麼會放屁？」

會場上掀起一陣哄笑。緊接著是喧譁和議論。

杜以信抱著頭，怒瞪著迷惘惶恐的眼，倒了下去。

透過幻化萬千的時光隧道，彷彿自己又回到那條由他辛苦擘劃完成的超級太空臍帶，剛剛落成時的慶祝活動。眾多的太空船成行列隊地從地球到月球、從月球到地球，來回通航巡行，沿途由太空船動力系統所分解出來的熱核融能在太空中畫出一條奪目的光帶，就如同那條連接地月天體的管道一般壯麗。當然，那條晶瑩透亮的管道，看起來才是永垂不朽的太空項鍊。當初設計時，考慮到溫度、壓力與放射線等問題，爲了不使它因爲地球自轉而扭曲，就從地球的南極延伸到月球，正因爲月球始終以同一面對著地球，所以這條超級太空管道，才能在龐大的人力物力配合下，順利地建造起來。

歡呼之聲從每個傳播媒體傳送出來：「兩個星球，牽手一條心。」

他搭著超級電梯列車升空，從地球到月球，沿途欣賞著太空景色。田田就坐在他身畔，那甜甜的酒渦在她微笑時，綻放著淳樸與嬌美，使他陶醉不已，頻頻凝視著她。

「西藏高原都住滿了人，何不離開那兒到月球來住？」他問她。

「何必呢？我的祖先就世世代代住在西藏。」清脆悅耳的嗓音似音樂般響著。「那兒風光好得很，空氣也還不壞，還不到嚴重污染的地步。」

超級管道電梯列車抵達月球的時候，歡呼的聲浪掩蓋了整個基地的大廳。杜以信成了眾所矚目的英雄人物，與他同行的重要工程技師，將他抬起來往上拋，在只有地球六分之一引力的月球空中，他的手腳輕快地舞動著，雖然不似無重力狀態下游泳般自如，他感到自己彷佛飛燕般飄翔在眾人頭頂上，在場的人中縱然還有許多火星人，及太陽系外的其他外星人，在這一刻，他自覺真正高人一等。

當所有的慶典活動過後，他與田田聚在一起，從月球的小別墅窗口望著天空。

「好美的項鍊！」她說，指著那條從月平線升起直達太空深處，連接到地球的發亮的超級管道。

杜以信輕輕在她唇間一吻，輕柔地說：「田田，那是條永恆的項鍊，我把它獻給妳！」

「太貴重了！」她快樂得啜泣起來。「你要我怎樣來回報你呢？」

「田田，」他呢喃著：「讓我們生個孩子。」

她赧紅的臉低下去，搥著他的背，嬌嗔地說：「我要回西藏高原去了！」

他捧起她的臉，凝視著兩泓深潭似的眼眸，一股強烈的愛戀自他心底湧起，他想起小時候機器人保母曾經說過的話：「女人心，海底針。」雖然月球沒有海，保母指著人工水池對他說的話，一時沒法領會，卻也記憶猶鮮。

「星童！」他脫口而出，迷茫地說：「他們說我是星童，是電腦設計重組遺傳基因的超智人，我也需要一個星童，讓我們來使他誕生，只要我們相愛！」

她臉上的拘謹與羞澀逐漸退去消失，他毫不費力地抱起她，把她放在柔軟的床上。

牆壁間的景象映現出一望無際的草原，各種顏色的花：粉紅、雪白、鵝黃、淡紫、淺藍，像幾條彩帶般橫亙原野，鳥兒展翅飛來，如同眞實地掠過他們頭頂，有花香從空氣輸送管裡噴灑出來，悅耳的音符輕巧地在空中跳動，在這座快樂的小別墅裡，春天是無止境的永恆。

「再見！」在那條超級太空管道的出境室，他緊緊握住她的手。「我會去西藏找妳的！等我回來以後，我就去！」

「當然，我等你！」她兩頰上的酒渦，淺淺地印著遙遠的期許。

他夢見自己在星星之間跳來跳去，歡聲歌頌宇宙的神奇壯麗，最後把星星收集起來，串成一條項鍊，掛在田田的脖子上，那閃亮的燦光濛濛地蓋住她美麗而神祕的臉龐。他已看不見她臉上的笑靨和酒渦，唯一可見的是不可逼視的光，她已成了超凡的神聖，飄忽莫測。

「杜先生！」一隻手在他下巴輕輕拍打著。「你醒了吧？」

他睜開眼睛，看見愛你伴正對著他傻傻地笑著。

「他們還是認為你是偉大的！」愛你伴說：「只因為你受了一些刺激，遭遇了非常的變故，才會當眾失態，現在都沒事了，你已經在睡眠中得到治療。你還想念你的田田嗎？你知道的，田田已經是幾百年前的人了……」

「你！你怎麼會知道我心事？」杜以信坐起來，指著愛你伴的鼻尖。

「我是由嫦娥公司特別製造的機器人，具備些許超感應能力，當然知道你心事，他們說你需要特別的照顧。」

杜以信揮出一掌，打在愛你伴的左頰上，他感到機器人合成皮膚的彈性與人類略有不同。果然是個如假包換的機器人。愛你伴仍然一副嘻皮笑臉的樣子。

「不用試了，我是不會騙人的！」愛你伴指著牆上的立體影像幕：「你看，誰來了？」

一張慈愛溫柔的臉，正在對著他展露笑意。

「老媽！」杜以信忘情地喊著，興奮得跳起來，迎上前去，對著影像做出擁抱狀，他無法忘記這個從小教導撫育他的保母機器人。

「信兒，你回來了！」聲音是柔和而溫婉的，聽起來好熟悉，甚至那容貌也青春如昔。

「老媽好想你！」

「老媽、老媽！」他喊著，淚光閃爍在他眼眶。「看到妳太高興了！」

幾分鐘後，機器人老媽帶著一個年輕女人來到他房間。久別重逢，老媽摟摟杜以信，眼眶也顯出一圈紅，然後推開他，指著自己身邊的女人問他：

「你知道她是誰嗎？」

杜以信細細端詳這個年輕的少女，竟是酷似田田的那個女孩，他頓時眼睛發亮了，一時心神不安，無言以對。

「她是你的孫女！」老媽鄭重地說：「她叫杜明麗。」

「怎麼會？」

「你忘記你曾經想要一個星童了嗎？」

「星童！」

「是的，一個屬於星星的孩子。」

「老媽，妳說我已經做爸爸了？」

「是的，你三百多年前就做了爸爸。」

「那麼我的星童呢？」

「在太空城的冬眠冷凍公司冬眠中。」老媽無限感慨地說：「就是地球與月球引力平衡中心點的太空島，那原是個自由貿易島，從前地球人戰敗交給金星人，歸金星人統治，但是現在太空城的人都很害怕，因爲條約即將期滿，地球人要收回太空城，那些金星人跟火星人原是長像相同的太陽系外來殖民生物，金星人也實在鞭長莫及，管不了那麼多，所以太空城的人紛紛往外跑。」

「怎麼會這樣？」

「他們對地球失望了，害怕地球會把太空城污染了，弄得不可收拾。」

「我的天！」他感到自己在太空中飄浮。「有沒有人知道張田田是否還健在？」他說出了他心中迫切關懷的問題。

「誰知道呢？自從地月戰爭以來，地球已經面目全非，據說張田田回到西藏，生下孩子後就失蹤了。」

「失蹤？」

「是的，在西藏受到環境污染的嚴重侵襲後，許多人不明不白地失蹤了。那是種可怕的黑色迷霧，籠罩住整個天地和山谷，死亡的人不計其數，沒找到屍體的人，就算失蹤了。」

他呆滯的眼神凝望著那個據說是他孫女的杜明麗。她看起來酷似張田田，正在微微笑著，露出兩個淺淺的酒渦。

「爺爺！」她喊著，粉白帶紅的臉像一朵艷麗的花。

他彷彿進入時光隧道中的時光隧道，在一個現實與幻想交纏不清的世界漫遊，腦袋裡繼續灌進機器人老媽的一段話：

「你兒子杜立人後來在地球上和一個女人結婚，那個女人也因爲誤吃了含有致命化學毒物的食物死了，但夫婦倆曾預先保存了受精卵，之後送到月球來，直到二十年前，我們才把這個受精卵培養出來，就是現在站在你面前的杜明麗。而你的兒子杜立人，一直希望自己生活在比較好的世界，所以決定自己冬眠起來。」

太空城是根據從前一位元地球科學家的構想藍圖所建造，由好幾座人工小島集合而成，包括有球形、車輪形、圓筒形等，裡面的居住環境仿造從前地球沒發生災難時的景致來設計，有山川、湖泊、森林、小溪、花圃與農牧場所等，裡面的氣候可以由居民投票決定，要酷寒如嚴冬，或炎熱如盛夏，或下雨下雪，完全可以由人工控制調節。每座小島都在自轉，以製造人類生活所需的重力。

由太空城可以自由通達兩個世界——地球與月球。實際上太空城就坐落在與地球、月球各相距三十八萬四千公里之處——也是地月引力的平衡點，再加上它又屬於金星人所管轄，在地球與月球之間，扮演了一個微妙的角色。

杜以信帶著他的孫女，還有隨行的火星人，以及機器人愛你伴抵達太空城的東方人體冷凍公司，很快地看到沉睡在冷凍箱子裡的杜立人。

「他是我兒子!?」端詳著那張酷似自己的臉，杜以信半信半疑自語著。

「不錯，按照預定時間，他還要冷凍下去。」管理員說。「自從他在三百多年前，因爲地球的大污染事件失去他的愛人以後，他逃到這裡，希望自己能好好地休息一陣，杜先生，您是偉大的天文工程學家，我們久仰您，您有這樣的兒子眞是幸運，您想不想教他現在就醒來？按照預定時間，他還要睡三個月才期滿。」

「照他的意思吧！」杜以信說。

星童！杜以信在心裡低呼著。這個躺在冬眠箱裡的人，會是他所夢想的一個星童？他曾經希望自己有個後代，帶著孩子遠遊星際，就像電腦螢幕上所展現從前地球生趣盎然的無垠綠野，廣大浩瀚的銀河星空，誰說它不像引人遐思、任人奔馳的樂園？所有在星與星之間穿梭飛行的旅人，正如從前在農地走動的農人呀！五百六十年在一眨眼間過去了，人事變幻倏忽閃逝，怎不令他唏噓？恍恍惚惚的，他感到自己竟是這般孤單無助。人們說他是被設計出來的超智人，要爲人類做驚天動地的事業，其實在私底下他也曾盼望自己有平凡順遂的生活，他懷念那個似乎早已不存在的西藏女孩。誰知道地球現在又怎樣了？當他想到那個懸掛在太空中污頭垢面的地球，他只能期望地球會變得更好，也許終有一天，那條地月之間的臍帶可以重新建造起來，溝通兩個隔離已久的世界。

站在杜明麗身邊的金星人管理員，正在跟杜明麗的火星人朋友孟得一講話：

「我們公司就要搬家了，希望搬到火星去。那樣比較安全些。」

「你們非搬不可嗎？」杜以信好奇地插嘴問。

「你只要看看城裡大多數人的表現就知道爲什麼了。」管理員說：「我們過慣了有美好的陽光、空氣和水的日子，我們害怕地球當局不懷好意，也害怕地球的污染病傳染過來。杜先生，您是天文工程學家，能不能想想辦法？」

幾乎杜以信所到過的每一處地方，所聽到的聲音，莫不是對他的無限期許，人們把他當作具有呼風喚雨、移星動月能力的超人，而他只能攤攤手，無可奈何地笑笑，隱隱的傷痛在他心頭深處發作，他在想著幾世紀前的古往之事，那時候星際戰爭還沒有發生，地月之間的人類相當和諧，不像現在這樣壁壘分明。

「金星人！」杜以信望著那個金色硬殼皮膚的外星生物問他：「你們就想拍拍屁股走了？什麼都不管了？讓骯髒的地球人來接收這個美麗的城市？」

金星人遲疑了一下，與火星人交換了一個眼色，他們原是屬於同一族類的銀河外星生物，殖民到太陽系的不同星球，好像頗有默契，金星人呑吐著說：

「我們怎麼管得了這種事？金星本身太擁擠了，收容不了太空城數以億計的人。」

「火星方面希望地球能改善一點，」那個杜明麗的朋友火星人插嘴說：「火星當然不願看見地球和月球這樣長期對立，因爲你們畢竟是同樣的生物呀！」

杜明麗爲難地望望自己的祖父，這個天文工程巨人，是電腦調配組合基因所完成的超級天才，傳說他有異乎常人的智慧與能力，他應該有不同看法的，但此刻他卻若有所思地凝視著牆壁間的影像幕，那兒呈現著一個害了重病的地球，在太空中不可救藥地散著黑色的微絲游氣。

杜以信沉默不語，他的手不自覺地摸摸肚臍，好像看見自己出生前所拍攝的照片：有一條臍帶連接著玻璃子宮外的營養供應系統，那個脆弱嬌小的人體就在子宮液裡面游動踢踏。

暴動像狂風驟雨一般在太空城發生。那些暴民們衝進人造晝夜控制所，將白天轉變成黑夜，以便擴大作亂，而後衝進每處人家或辦公住所，不管三七二十一，抓起人來就打。當機器人員警趕到時，他們早已揚長而去，只留下哀鴻遍地。

杜以信醒來時，看到許多陌生人圍在他旁邊，以炯然的目光審視著他。他翻身看看床邊，那個機器人愛你伴直挺挺地躺著，腦袋殼被掀開一個大洞。

「愛你伴！」他呼喊著，聲音沙啞。「你怎麼啦？」

「它暫時不能用了！」那個嘴上有兩撇鬍子的漢子說：「杜先生，現在你已回到月球了。你要好好聽我們的話，否則你孫女杜明麗不會好過的。我是邵篤仁，你應該聽說過吧？」

「你有權有勢啊，憤世派？」杜以信站起來，指著邵篤仁喝問：「你們把杜明麗怎麼樣了？」

「放心，她活得好好的，只要你聽我們的話。」

「你們想要怎樣？」

「很簡單，我們知道你具備了淵博的天文工程知識，我們為了拯救月球和太空城的安全，要你設計一套系統，可以發動月球和太空城脫離地球的引力，就像太空船一樣飛出去，找到安全點固定下來。」

「什麼？你在說笑話嗎？」

「不，你是偉大的天文工程學家，我們久仰你的大名，我們知道只有你有能力解除地球的威脅，你看！」

巨大的立體影像幕出現了地球太空軌道上可怕的機器人部隊，駕著高速戰艇不斷地巡航，隨時都有進犯月球的可能。

「這是火星人供給地球的新式武器，同時火星人還正協助地球進行環境改造計畫，希望徹底改變地球的髒亂局面……」

影像幕上出現一片鼠海在如山的垃圾上洶湧橫行。遠遠的城市，以透明的圓頂罩子保護著，由機器人守衛在城外駕著各式各樣的車輛和機械，與鼠類和蟑螂、蚊蠅作戰。

「太難了，」邵篤仁指著影像幕上的可怕世界說：「地球的污染太過嚴重，至少需要一千年或兩千年的時間才能恢復舊觀，趕上月球或太空城現在的水準，地球人知道沒有什麼指望，所以一直抱有佔有月球，收回太空城的野心。我們為了挽救這個局面，所以出此下策，劫走了你，希望你答應我們的要求。」

杜以信躊躇著，陷入苦苦的沉思中。五百六十年來的變化畢竟太大了。他原痛心那條太空臍帶的斷裂損毀，現在竟然有人要他幹一件驚天動地、移星轉月的大事，這違反了人類歷史傳統的「地球、月球、太空城一體」的意識。不錯，天文工程是一項人定勝「天」的偉大學問。他曾在太陽系外的史歌星那兒留學，學到了如何製造黑洞與白洞作為星際捷運系統，如何有效利用全部星系的能源作為通訊或建設之用，以及如何重組天體、排列星星，像過去人類所曾夢想的，製造一個戴森球（Dyson Sphere）：將木星打碎，利用它的材料包圍住整個太陽，成爲環繞太陽旋轉的球殼體，人類就住在球殼上面……像這些構想，對史歌人來說是輕而易舉就能付諸實現的。杜以信的腦袋裡，也儲藏了所有偉大的天文工程知識。

邵篤仁露齒而笑，他從懷中抽出一把死光槍，指著杜以信說：

「這顆腦袋如果就這樣報廢不太可惜嗎？還有，你孫女的生命也掌握在你手裡呢！」

杜以信曾經從電腦那兒知道邵篤仁是月球當局所通緝的叛徒，如果自己不屈從於他，可能會遭到不測。好漢不吃眼前虧，杜以信指著躺在床上動也不動的機器人愛你伴說：

「不過，我需要一個助手，你們必須把它弄好。」

「那好，我們盡量配合你，只要你肯幹。」邵篤仁說。

□

杜以信彷彿經過一個玄黃巨變，幽奇幻化的世代。他在漫長的黯黑甬道裡摸索，朝著模糊的遠處光點前進，衝向深邃星空。千年萬古以來，星星就一直存在著，發著光，照耀著文明的興衰，天幕茫茫，宇宙浩瀚，他的靈魂像一縷遊絲般飄緲迴旋，凝聚又飄散，飄散又凝聚，在星光中，他尋找著永恆的夢。

「以信，你還想念我嗎？」一個遙遠的聲音從遙遠的時代傳來。

他在徬徨迷惑中凝視著前面亮光逼人的影子，直到那影子由模糊轉爲清晰，那是張飄逸脫俗的面龐，兩腮微現酒渦。

「田田！」他呼喚著，舉雙手迎向她。

影子移近他，成爲一團迷濛的幻光，穿過他整個身子，奔躍向無盡處的神祕太虛中。

「田田！」他轉過身，目光追蹤著那稍縱即逝的彩光，雙手慌亂地抓捕著一顆顆發亮的星星，要把它串成項鍊，在他還來不及將星星採集納入懷中之際，那團急速飛馳的影子，像流星般閃逝在群星點綴的黑幕裡。

□

在現實世界裡，他不斷地埋首工作，把自己腦袋裡的東西拚命擠出來。儘管夢幻中的影像偶爾會干擾他，造成他短暫的困惑，他卻視之爲閱覽回憶的詩篇。

他使用語音輸入文字，寫道：

一顆星星是一個世界，
所有世界中的眾多心靈，
都是高貴燃燒的火炬。

立體影像幕出現了變幻不定的色彩和圖形，他穩定自己的思緒，集中心智，按下了幾個觸鍵，田田就栩栩如生地出現在眼前。一個虛幻的影像被舊世界的黑霧迷煙所籠罩。

「地球！」他喃喃自語。「難道我們就這樣離開地球？讓月球和太空城飛離地球的勢力範圍？」

影像幕上出現了一條從前的地月交通管道，月球以那條臍帶似的東西與地球維持著快速便捷的雙向交通。那兒有超級電車行駛著，還有一些喜歡運動的人，徒步「太空健行」，在地月管道間行走，沿途透過管道壁上的窗戶，可以欣賞到太空景色。從地球來的人多半是貧窮落後而不講究公德心的，他們隨處亂丟垃圾，在管道壁內的休息站吃起東西來，就像野獸般狼吞虎嚥，主要的原因是：凡是有辦法、有教養的人，都已離開地球到月球或太空各處去居住，或取得別的星球的公民權，地球雖然是人類的家鄉，卻早已老舊破敗不堪。

在杜以信的身後，邵篤仁站著，以監視者的身分注視著他。

「你有把握做出來吧？」邵篤仁冷冷地說：「你一定得想辦法移動月球和太空城，才能扭轉局面……」

「那必須要很大的能量和設備來配合。」

「我們會全力支持的。」

「好的，好的，我會盡力就是。」

杜以信動手拆除了那個機器人愛你伴，檢查他的腦部線路，調整了一些主要的機件和樞紐，當他完成了修復工作之後，開始與機器對話。

「心理學家，」他望著愛你伴。「請你告訴我，我該怎麼辦？」

機器人人類心理學家掃視了周圍的儀器和邵篤仁一眼，不慌不忙地說：「我知道你心中的矛盾，一方面想著地球，一方面又想完成任務，移動月球和太空城，你是超凡無雙的天文工程學家，就照邵篤仁先生的意思做吧！你還想著地球那邊的田田嗎？傻孩子，她是幾百年前的人了，誰知道她是否還健在？她住在生病的地球，你還指望什麼？指望她有一千歲的壽命？指望她也在冬眠中等你？」

杜以信絕望地哭泣起來。

他繼續埋首工作，在他完成了所謂的「脫離計畫」之後，所有理想主義分子，都聚集在此地慶祝。這是距離月球表面一百公尺深處的人工草原地帶附近的建築。杜以信每次望向窗外，便可以看見機器牛被餵以青草，人們再從機器牛身上的水龍頭得到牛奶，也有人打開機器牛的蓋子，從裡面取出牛肉。對於這幕景象，他總是看得津津有味，不禁想起田田說起從前地球上有過眞正的牛在田野中耕作的故事。現在，當他面對著邵篤仁這批人，猛地感覺到自己就像一頭機器牛，正在爲需要的人而工作。

「所有的計畫都在這裡！」杜以信指著面前那具電腦說：「我將我一生的心血結晶，全部輸入裡面，交給你們使用。」

「那麼我們就準備慶祝吧！」邵篤仁笑著跳起來，輕躍而起，對眾人喊著：「現在月球可以準備脫離地球獨立了！」

就在喧鬧之聲剛剛掀起來之際，那個機器人心理學家舉起它的雙手，以超乎平常的可怖音量，大吼著：

「你們都被捕了！」

「你在說什麼鬼話？」邵篤仁衝上去，用拳頭猛擊機器人的腦袋，就在剛接觸到它的一剎那，他的手遭受了一陣電擊的震動，他很快地收回手，驚怖顫抖不已。

群眾起了哄鬧。門開了，那些原先在農場工作的大批機器農人手執死光槍衝了進來。一個嚷著說：

「你們這些憤世派！今天總算抓到你們了。嘿！你們應該知道，怎麼可以向外星人靠攏？」

之後有一段很長的時間，杜以信的精神陷入異常狀態，他無法適應眼前這個紛亂矛盾的世界。他在那座長滿青草與花卉、樹木的園子裡，與機器人愛你伴爲伍，向愛你伴傾訴他的所思所想，以及難解的心結。

愛你伴告訴他：「月球當局就是爲了維護地月臍帶系統，而派遣我來協助捕捉那些憤世者，地月兩方的人都相信，有一天那條斷裂損毀的超級太空管道會重新建造起來，地月會眞正地再度連成一體，火星人也樂觀其成，那時候，那條星星的項鍊會懸掛起來。」

那是地球的中秋節時候。杜以信和機器人老媽、機器人心理學家愛你伴，還有自己的孫女杜明麗，連同那個剛剛從冬眠中醒來的兒子杜立人，另外還有杜明麗的火星人朋友，一齊到月球的嫦娥廣場去。

巨大的、高聳的嫦娥雕像下，有機器人到處走動，推著車子分送月餅給群眾吃。有些人手牽手跳起舞來，邊唱著歌。

在圓拱的透明保護罩上空，一個染滿黑霧迷雲、烏煙瘴氣的球體，高懸在繁星點點的黑色天幕上，就似一張愁苦無告的臉，哀憐地盼望祈求月球什麼。

杜以信一行人吃過月餅之後，加入了跳舞的行列，與人們同聲唱著：

地光光
地光光
月明明
月明明
相對兩無言
每逢佳節倍思親
倍思親

〈地月臍帶〉完

記憶農場

01 地球之癌

一本攤開的彩色雜誌上面，恐龍的長頸如蛇般搖動著，彎向碧綠的草地。巨大粗壯的林木高高地聳立向天空，低垂著鮮嫩泛紅的枝葉，反映在如鏡的湖水裡。遠處火紅的天際一片朦朧，幻化如夢的光暈，圓盤形的太陽正燦爛地放射著它的光輝，許多飛鳥在雲霞中翱翔。原始時代的野生環境圖畫是這樣的迷人，使我睜大了眼睛，整個人完全被它吸引，我幻想進入那古怪驚險的世界，騎在恐龍的背上，去觀賞遊歷一番。

突然聽到手機傳來訊息的聲音，沒有顯示來電號碼，打開一看，嚇了一跳，竟是一張大恐龍在草地上爬的畫，難道是有人在監視我，才會傳一張旁邊印著幾個奇怪圓形圖案的畫來？我好像在哪本雜誌見過。上面還留下了幾句話：

你相信我們是外星人嗎？

請你今晚七點鐘到牛頭山上的土地公廟旁相候，我們需要你的幫忙，請務必帶著你的好奇心和最好的朋友來。你是個好孩子，如果你不能保守祕密的話，當心恐龍會吃掉你！

哇！眞有這回事？還是誰故意冒名開的玩笑？我把圖片仔細看過，好納悶，猜想大概是那個喜歡捉弄人的哥哥玩的把戲吧！要不然怎會知道我正在看雜誌的恐龍圖片？下週老師帶大家去博物館參觀，可能有人先拿來惡作劇，把那裡找來的圖片加寫幾個字傳訊過來，那不是故意唬人嗎？

開這種玩笑有什麼好玩呢？我想著，就故意把這封「外星人的信」以不顯示號碼的方式傳給另一個我愛慕的女同學趙嫣虹，開開她玩笑。

我沒把這事放在心上，便帶著哈士奇到附近的公園去，當我對著小水池照著自己的臉時，不禁怔住了，水池裡反映出的倒影，低空中竟然出現了一個圓盤形的發光物體，我回身觀望，那圓盤形的物體很快地飛入雲層裡，雲影放射出一道燦爛的光，而後消失，我身邊的狗兒汪汪地叫個不停，好像受了什麼驚嚇，我頭腦裡面嗡嗡嗡的，有如受了電擊，心裡慌亂起來。

心裡好奇，當天晚上我就帶著狗狗哈士奇趕到附近牛頭山去，這是個小丘陵，距離市區不遠，幾個月前電視新聞還報導過，住在山下社區的一個大哥哥，用電子攝影機在拍攝夜景時，無意中拍到了發光的飛行物體，還有人說是「幽浮」哩！據說那就是外星人的航空工具，電視上還播出了幽浮出現的錄影畫面，我想到這些事，開始緊張了。當我帶著狗狗哈士奇來到土地公廟時，卻見已有兩個同學來到，就是趙嫣虹和大門牙。

我哥哥也來了，他忍俊不住叫起來：

「喲！你們怎麼都來了？是誰開的玩笑？」

大家面面相覷，幾隻手同時指著我的鼻子說：

「是你嘛！你還裝傻？」

嫣虹、大門牙和秋老虎也分別接到同樣的一封信，他們三人是約好了來到這裡，他們打開手機，把手機裡的信給我看，我笑著說：

「哥哥，是你搞鬼的嗎？你一向喜歡惡作劇。嘻嘻，你說……」

哥哥傻笑著，好像默認了，又像不是。遠遠地又一個影子出現在山徑，路燈下可見那人高高壯壯的，一看就是許大牛，他也是拿著發亮光的手機，跨著大腳步，瞪著牛一般的眼珠子，氣喘吁吁跑過來，當他見到幾個同學和我哥哥在這裡，起先覺得滿得意的，他承認是他搞的鬼，眾人見他塊頭肥壯的那股憨勁，相顧失笑。他故意使用不顯示號碼的方式把圖傳給我，我又傳給別人，別人再傳給別人，有的人有顯示號碼，有的沒有。

終於，在土地公廟前的廣場擠了幾十個人，熱鬧烘烘的，就像要開派對的樣子。

大門牙笑著說：

「我起先還以爲是我帶著大批同學來的，沒想到會這樣，眞好玩！」

「那是誰搞的鬼？」我忍不住問。

大家面面相覷，眞的碰到問題了。每個人又開始疑神疑鬼，你指著我，我指著你，大家開始核對手機的訊息時間，大門牙揮舞著兩隻大拳頭，對著眾人：

「不知哪個搗蛋鬼搞的外星人把戲？」

話才說完，他們身後的土地公廟突然發出一陣青白的光芒，整座廟宇有如一顆發亮的巨大鑽石那樣炫目耀眼，長長鬍子的土地公拄著枴杖走了出來。

「是我啦！是我傳給大家的啦，少年朋友們別吵呀！」

「你眞的是土地公嗎？」我好奇地問。

老人含笑不語，他伸出枴杖，要四個人各自用手握住，天空中突然照下了一道光柱，只聽到奇怪低沉的呼呼聲，還有漸去漸遠的狗叫聲，我們的身子飄了起來，在天旋地轉的怪異感覺中，身子有如被分解成億萬個微點，然後在另一時空即時重新組合聚攏，驚魂甫定，我們把各自的視覺焦點對正，再一定神，才發覺自己置身在一個電視裡經常報導的地方……

黃沙滾滾的沙漠地帶，許多蒙頭包面，全身穿黑衣的人拿著步槍在卡車或坦克車上遊走，有地圖說明這是在敘利亞、伊拉克一帶，ＩＳＩＳ的佔領區。到處有許多人被砍頭、釘十字架，街道廣場甚至堆了許多人頭，有人還教小孩拿著人頭當玩具，對著人頭踢，把人頭當足球踢……好可怕。還有幾千人被困在山區沒有糧食和水，父母親不忍小孩餓死，把小孩從高山懸崖丟下……

大屠城開始了，隆隆的砲聲和爆炸聲音夾著機關槍的掃射聲，由遠而近傳來，許多人呼天搶地，沒命地奔逃，全身黑衣的戰士揮著機關槍，乘著坦克車和大卡車，有如成群結隊的恐龍衝過來，有人來不及躲避，男女老幼被掃射，血流成河，倒地的屍體又被無情的坦克斷續輾過去，鮮血噴射飛濺，到處是斷肢殘臂和肉泥……

可怕的混亂中，我與同伴走失了，我四處張望尋找，只看見那老人的枴杖不斷地揮著，天空就劃下了雷射光束……

宏偉的神廟建築前面，我跟著沒命地喊叫著，隨著人群奔逃，無意中碰到嫣虹，我拉著她的手拚命逃，兩人摔了一跤，滾在地上，還來不及爬起來，坦克車頂上的黑衣戰士機關槍不斷朝我們開火，雨點般的子彈掃射在我和嫣虹身上，炸彈在身邊爆炸，周圍的人紛紛中彈倒下，有的血肉橫飛，而我和嫣虹，還有所有的同學卻毫髮未傷，我們嚇呆了……

哈士奇汪汪汪地在身邊狂吠，一瞬間，我領悟到了什麼……

「別怕，這是假的！這是假的！是元宇宙、元宇宙……」我哥哥揮手再揮手。

坦克車和大戰車轟轟轟衝過來，我們一群人手牽手直挺挺地站著，任由屠殺的車輛衝來，車輛竟然從每人的身軀當中掠過。原來都只是虛幻的影像。

「這是在放電影嘛！」我喊叫著，身邊又傳來其他人的驚叫聲。

「好可怕呀！是誰在玩什麼？」嫣虹緊拉著我手，她的手心都汗濕了。

「我的媽呀！」

「這是哪門子怪事……」

本來在大屠殺現場中，什麼聲音都被掩蓋了，奇怪的是，同伴的話卻如在耳旁，聽得格外清楚，我隨手一抓，以爲抓到一隻死人的手臂，原來是嫣虹的手，嫣虹早已面色如土，而大門牙卻縮著脖子，彎著腰，老鼠般的眼睛畏懼地偷覷著周遭，在恐懼中迷失了，待他抬起頭來，發現四個人──我、嫣虹、大門牙和哥哥，都好好地站在一起，我的兩隻手分別拉住大門牙和嫣虹的。

剛才的一場流血屠殺混亂突然停止，土地公的杖子在眼前揮舞，閃光落處，所有幻象和聲音全部消失不見，歸於平靜。土地公說：

「我只是外星人藉著土地公的形象出現罷了！讓我們進入元宇宙世界。」

老人又說：「你們看到的，只是一種三度空間的全像立體畫面，是我們利用自動控制的儀器在地球的另一端拍攝到的……」

老人指著前面呈現的瑰麗彩色顯像說：

「你們現在看到地球了，好美麗呀，你們住的地方太舒服了，卻還不知道珍惜，實在太丟臉了。」老人臉都漲紅，很嚴肅而悲傷的樣子，繼續說：

「地球得了癌症了。」地球儀上中東一塊地方有著晶亮血紅的斑，不斷地冒出火光。

老人一聲長嘆：「我們的無人太空船追查到你們地球生態破壞和污染情況嚴重，又不斷發生大屠殺，派我到地球來提出警告，只有年輕人才會相信我們，你們這些未來的主人翁了解大屠殺是多麼地可怕野蠻，地球環境再不保護就完了……」

不錯，老人說的環境問題已是老生常談，地球之癌的說法才令人心驚。

「那……你怎會把恐龍的圖片傳給我們呢？」我忍不住問，眾人已被震撼得六神無主。

「恐龍是青少年所喜歡的古代動物，這是我們偵查發現的。地球歷史一直在我們的注視中，我們保存了所有的影像資料，六千五百萬年前地球受了大隕石的撞擊，我們還以爲地球發生了什麼事，趕過來時才發現，地球受了重創，到處被塵埃及灰煙覆蓋，恐龍因爲陽光無法射抵地面，環境變冷而絕種。後來我們也不斷地訪問巡視，恐龍已經滅絕了，而你們地球上的坦克車就是一種現代的恐龍，有一天也會滅絕的，到了那一天，就會進步到像我們外星人的文明時代。」

「那麼，外星老公公呀……你們爲什麼不把地球搞好一點呢？爲什麼不把壞人都消滅呢？」我愛慕的趙嫣虹跟我們大家一樣，無法了解所遭遇的一切，她嬌聲說出了疑問。

「宇宙間的生物有一定的進化法則，我們外星人不能做太大的干預，只能夠暗中少少地幫助你們。希望你們記住，剛才看到的大屠殺地區正是地球之癌。爲了改善地球，改變世界，我們幾萬年前就預備了另一個地球，裡面全部是地球的生物，和歷史上優秀傑出的地球人在生活著，不是科學家，就是文學家、藝術家……現在時機成熟了，新宇宙即將誕生，剛好可以讓新地球移動到新宇宙去，目前正在積極準備中。待會兒我會給你們一個小球體，是精密的地球儀，可以從標示的位置去找幾億年前埋下的啓動器……」

說罷，老人再度揮舞了枴杖，閃光四起，四周投射出萬千謎樣的色彩和光柱，周圍呈現生動而令人駭異的景物。那確實是壯麗迷人璀燦的原始世界，有許多恐龍在綠色的大地伸長脖子走動著，我好奇地想要騎上去，但連爬都沒爬上一步，那只是虛擬的影像，我一腳踩空，摔了一跤，重重地撞到了大門牙的頭、嫣虹的肩膀、哥哥的肚子，只聽得一片哀叫聲，而恐龍邁著沉重的腳步，齜牙咧嘴，吼叫著，成群結隊地繼續從反射著金黃光芒的湖畔爬過來，我們四個頑皮童子又驚駭又興奮，簡直都要瘋狂了。我們在虛幻的光影交錯中亂蹦亂跳，直到筋疲力盡，已是渾身大汗。

老人把一個光滑的小圓球塞在我手裡說：

「你們會從這個小圓球中找到答案，記在各人的潛意識裡。」又說：「你們不會忘記這次的經歷，特別要記得我告訴你們的一句話：愛你們的同胞，反對暴力，永遠相親相愛，愛護地球。」

老公公又一揮枴杖，剛才投射的幻影全部消失不見，代替的是一個密閉空間，有如在飛碟內部，老公公指著窗形的顯像幕，地球在太空中靜靜地懸掛著，周遭點綴著許多發亮的星點，月球在另一邊，有許多飛碟在附近巡行著，那是對地球的保護和監視。

一會兒工夫，原來的土地公廟景觀再度出現，四周的景物輪廓逐漸清晰，我們本來就置身山區，剛才只是虛擬的幻象。

粗魯的大門牙揮舞著拳頭，對天空示威，追問：

「剛才到底發生了什麼事？」

幾個人面面相覷，哥哥很冷靜地接過我手裡的小球觀賞著，哈士奇的吠聲驚醒了大家，我腦門突然閃過了什麼，說：

「我想起『地球之癌』了……我們要相親相愛。」

哥哥發現我拿的那顆琉璃似的乒乓球狀體，表面刻寫了精密的地球地圖和經緯度，在其中的某一點有著細微亮光。我拿給爸爸看，他說可能暗示了地球某地方的祕密，地點靠近台灣東部一帶山區。我腦袋裡一再回想著土地公說的：「現在時機成熟了，新宇宙即將誕生，剛好可以讓新地球移動到新宇宙去，目前正在積極準備中……」不知有什麼玄機，我把小圓球交給爸爸和科學家同事去研究，他們在那地理位置發現了和諧振動的球形場，經過地質和太空的遙感偵測，台灣東部的巴蘭村被證實了是一處遠古的重要遺跡，其中還有如青海德令哈市的岩洞裡深入地下的神祕鐵管，最是吸引人注意。

一年後，巴蘭村考古基地被確認，竟然就是那顆球體上所標示的位置。

考古學家、生物考古學家、地質學家和太空科學家合作，申請到了兆豐年大財團基金會的經費支援，開挖地下的古代遺址。爸爸說：因爲中國的人造衛星偵測到奇異電磁波從那地方發射出來，懷疑山上有一個磁力場、有座被山林掩蓋的金字塔，它產生出來的磁力是和外部力場的方向相反的，從外面看，磁場方向是從北極射出，由南極射入。如果有動能從金字塔頂端進入，可以當作是金字塔磁場的北極。金字塔從中間部分釋放出能量，被認爲是自身磁場的南極。金字塔能夠產生一種和諧振動的球形場，主要是依靠建造材料——一種類似於水晶或者是花崗岩或者是大理石的材料。玫瑰花崗岩，主要被用來建造墓室，而玫瑰花崗岩也是具備最好順磁能力的順磁物質之一，它可以改變在自身佔據空間之內的磁場。考古團隊懷疑這座山原來就是金字塔是很有理由的。

哥哥說，爸爸的同事、一位教授——李奇博士在睡夢中得到天啓一般的靈感。這情況，有時候是日有所思夜有所夢，也有可能是人類本來就存在著集體無意識，在夢境中帶來科學發現。這情形並不罕見，最有名的是俄國化學家門德列夫在傷透腦筋思考化學元素的排列問題後，疲倦地睡去，在夢中看到一個表格上掉落了各種元素，他於是發現了元素週期表。被稱作神經科學之父的奧地利生物學家羅威，也是在苦思問題後，連續兩個晚上夢見自己進行一項實驗，發現了神經衝動是通過化學物質傳遞而產生作用，他也因此獲得一九三六年的諾貝爾獎。

哥哥解釋說：集體無意識就像一個萬有檔案櫃，原來就有很多人類不知道的訊息擺在裡面，作夢得到啓發就像無意中開啓了檔案櫃。

我心裡想，不知是否跟我拿到的小球體有關，外星人的啓示發生了作用？

02 嬰兒宇宙

I 地球浮雕圖

從小對自然宇宙的無限好奇，讓我保持旺盛的求知慾，對詩詞的喜歡，也讓我嚮往浪漫無邊的情境，讀劉慈欣的小說使我覺得，宇宙與詩合一的神祕之美，正是「筆落驚風雨，詩成泣鬼神」的感受，仰望星空銀河，如燦爛白鍊，思想起李白的白髮三千丈的形容。這回我跟著爸爸和哥哥的考古團隊來到新發現的巴蘭遺址，眞是樂壞我了……

隨著挖掘範圍不斷擴大，巴蘭考古遺址發現龐大的地下墓室，裡面有著曲折通道，豐富的古物不斷出土，成爲新聞焦點，許多玉石器、貝、陶器、象牙、獸骨、皮革、青銅器、刀箭和金器等一大堆東西，都由官方文化局人員登記照相後載往博物館。

我經常跟著老爸的電動車到城裡去透透氣，到麥當勞用餐，享受一下冷氣，順便帶漢堡和薯條給來參觀的嫣虹。她深潭似的眼眸，掛在白淨美麗的臉蛋上，像星光點亮我的心，我只要看到她就會陶醉心悸。她跟著到這兒來觀賞風景，開玩笑說她要看看古人的美容美髮方式，如果發現古墓裡的女屍，可以作爲她的研究標的。

幾個月來出土了許多精美的金器，有金杖和金面具，巨人石像大眼直鼻，方頭大耳，頭戴皇冠，穿左衽長袍，佩著腳鐲、古代兵器和國王權杖，琳瑯滿目。考古系畢業的哥哥注意到權杖柄上的雕飾是一個劍齒虎的縮頭像。

哥哥手拿權杖，指著柄上的頭像，面露狐疑困惑之色：

「劍齒虎的凶猛，學古生物的都了解，牠有如長著獠牙的獅子，體重卻有獅子的兩倍，早在一萬年前就滅絕了。但是劍齒虎的頭像竟然出現在這個文化層裡，我覺得不對勁……」

「你是說生活在這時代的人不可能認識劍齒虎？」比哥哥小兩歲的我，只能驚奇地反問。

「不錯，頂多只是發現骨骸，那時還沒有電腦還原外貌的技術呀！」

我們還看到了類似三星堆的外星人頭像，眼球突出爲圓柱形，中間還有圈狀的「箍」，兩隻大耳朵向左右翹起，有紋飾雕刻。

「這應該是與三星堆有關的同系文化。」老爸咬著菸斗，吐著煙圈。

巴蘭考古村與四川的三星堆同樣處於北緯三十度，巴蘭遺物竟然與三星堆的古物相像，整座大山原來是金字塔遺址被森林覆蓋，這緯度是地球上發生神祕事物最多的地方，像埃及金字塔、復活島、百慕達三角、台灣澎湖外海都在同一緯度附近；而四川也最常出現ＵＦＯ，前一陣子有天晚上，還在成都上空盤旋了數十分鐘都不離開，好像故意讓人盡情拍照，新聞報導是一個立體三角隊形，有三種顏色，紅白綠，數十分鐘後變成一字隊形便飛走了。

巴蘭考古遺址的挖掘正在熱頭上，考古隊無意中又從地下墓室發現了幾條曲折通道，遠端有石門，通向狹小的另一地道，只有不到半個人高、一個人肩膀的寬度。在一顆出土一半的骷髏頭旁邊，我們挖到一只直徑十來公分圓盤似的東西，上面有凹有凸，分布著細細孔洞，質料如青銅，不是很硬，貼著地表未完全出土，此時圓盤內部有輕微的光透出，大家就像看到奇怪的玩具或寶物一般驚喜，不過也難免有幾分恐懼……

「這個玩意兒怪怪的。」我透過口罩說，渾身生起微微寒意。

「不信邪呀，怕什麼……」哥哥頭臉上的汗珠滴落在泥土上。

「呵呵，楊家兩兄弟跟他老爸一樣，拚命三郎！」旁隨的李奇博士咳嗽了幾聲，頭燈上的光對著我，照得我眼冒金星。

在老爸的團隊指揮帶領下，我努力幫忙用小鏟子在地面輕掘，輔以電動考古風刷，輕刷考古遺物。幾天後，大家才看到這個圓盤原來是個蛋形體，再下挖幾公分就可以把它取出來，已露出地面的圓球凹凸表面，有如一幅浮雕圖，有著斑斕的紋彩，在暗黑光線下泛出晶瑩微光。

「要是恐龍蛋就理所當然了，這什麼玩意兒……」老爸搖著頭。

「這是一件大事啊！」考古隊的指揮官李奇博士的笑聲宏亮得像迴響的鐘聲。

「地下冒出來的禮物！」哥哥說。

「哈……抱著它，就像抱著異形蛋一樣。」我只能形容我的科幻直覺。

「這件事暫時要保密啊！」老爸湊過來撫摸著這奇怪的蛋形體。

「我們得報告請示官方，給新聞記者知道就不好了。」李奇博士說。

蛋形體大約不到一公斤重，哥哥眨眨眼，跟我交換了一個怪異的臉色，意思是這跟我們之前拿到的小圓球似乎有所連結，他小心翼翼放到角落去，再灑了泥沙蓋上去，暫時掩埋隱藏起來，發現奇怪的寶物，不希望隨便曝光，以免被閒雜人看到了。

走過狹窄彎曲的地道，石板地面有零碎的花飾鋪陳，地底的幽祕氣氛讓人感覺走入千年萬載的時光隧道。李奇博士停腳在一面雕刻的牆壁邊，頭燈對著牆上生動古雅的雕刻：

「聖甲蟲……」

「這是糞金龜啊……」老爸說：「糞金龜甲蟲，在埃及被認爲是太陽神的化身，死後會從土中復活，是一種象徵。」

我想起電影《神鬼傳奇》裡面，在挖掘探險過程中，有人從牆上挖出一個甲蟲形狀的寶石，它突然復活成怪蟲鑽入人體，受害者在恐懼痛苦中撞牆而死，還有成群結隊的聖甲蟲來襲的恐怖噁心場面。

「阿強啊，」李奇博士發出習慣的爽朗笑聲，對著我哥志強說：「你剛才做的動作，就像糞金龜把卵放在糞便裡，再把糞便埋在土裡藏起來，太好笑了，哈哈……」

想到哥哥被比喻成扒糞藏卵的糞金龜，眾人不約而同笑成一團。

「嘻嘻……我是糞金龜……糞金龜視死如歸……」哥哥自我調侃著。

我回營地後藉著手機上網，很快找到了資訊，糞金龜幼蟲長成成蟲便爬出土；因爲被認爲是太陽神的化身，象徵著復活和永生，一位學者荷爾斯．阿波羅，寫下它身世的神話：「神聖糞金龜將糞球由東推到西，然後埋入土中，大約要二十八天。二十八日正是月亮公轉的時間。在這期間，神聖糞金龜的小孩獲得生命，開始活動。第二十九天，也就是月亮和太陽相會，新世界開始的日子，它回到糞球的地方，挖出糞球往水裡丟。於是，新生命誕生了！」

「這樣說來，我們發現蛋形的浮雕，跟糞金龜有關嗎？」我和哥哥討論著。

「你說呢？聖甲蟲——糞金龜，是埃及人的護身符……」

「蛋形的浮雕，和聖甲蟲的糞球，兩者都是球形。」我有了領悟。

牆壁上一幅長方形的浮雕畫，引起眾人圍觀，浮雕由左而右，先是一顆泛著金光的蛋，再是破裂的蛋，孵出的小雞，之後，小雞長大成不同體型的雞，又慢慢還原縮小成小雞，最後又是一顆泛著金光的蛋，這是一個循環過程。

當天晚上夜空出現了巨大的圓杏眼形狀的藍光，新聞媒體給了一個優雅美麗的名詞：夜空藍眼淚。後來我才知道，這跟我們挖掘到的蛋形體連通宇宙感應波有關，從發掘到蛋形體開始，引發了一連串的事故。

也許是天生的考古和探險細胞，我念小學六年級時，就在老爸帶領下，到陝西漢陽陵類比考古基地去實習，這跟我喜歡幫人家修剪頭髮好像有點相關，我隨身帶著考古必備的小平鏟、毛刷和數位相機，體驗了解發掘文物的過程。哥哥也曾帶我到陽明山公園七星山的凱達格蘭遺址探訪，對那兒的金字塔、三角碑與祭獸壇遺址印象深刻，傳說是先民與外星人接觸的地方，那兒還有恐龍、巨獸、烏龜、鳥頭、人面石等史前石雕和「凱達王朝」的圖騰。傳說凱達格蘭人先祖是乘坐「葛霧」（類似帽子形狀的東西）來到茗蘭山，在三貂角下降，而「葛霧」很有可能是飛碟。聽說幽浮特別喜歡在有噴氣孔環繞且獨立的火山錐體附近出現。

我和我愛慕的女同學趙嫣虹都參加了學校的職業技能訓練，分別在美髮、美容比賽中得冠軍，她也順理成章成爲我的女朋友。這次挖掘工作中嫣虹偶爾會來參觀，讓我與嫣虹在網路聊天的話題更多了，不論是在網路或是面對面，我可以向她炫耀成果，我也常常夢到異形蛋跑出怪物來。那天回到家裡，嫣虹跑過來遊玩，順便找我問數學問題，我家的哈士奇、美眉拚命搖著尾巴，撲到她懷裡與她撒嬌，原來她帶來好吃的漢堡要請狗狗吃。

嫣虹打趣說：「做你們家的狗好幸福喔！下輩子當狗狗不用擔心考試，有吃有玩、有人疼，好開心喔！」

「那要宇宙顚倒過來啊！」

「昨天隔壁班的幾個臭男生，在跟我們女生炫耀……」嫣虹眼裡閃著淚光：「說他怎麼虐待狗貓、殘殺小動物，還要分狗肉給我們吃……我們聽得都嘔吐了，還有女生哭起來，痛罵他們說，你跟那個在捷運殺人爲樂的傢伙一樣冷血呀……」

是我的慈心善念讓我得到安慰嫣虹的機會，我趁機拿衛生紙給她擦眼淚，待她心情平靜後，悄悄地在她臉頰上輕輕親了一下，我立意好幾天不用刷牙漱口，好好地回味。

嫣虹走後，我和哥哥又關在房裡，把拍到的照片從電腦裡調出來放大檢視，再核對地球的模型圖，發現凹凸形狀好像是地圖浮雕，哥哥拿一面鏡子對著它，從鏡子裡看著它：

「喂！小興……你有沒有發現，這個浮雕像地球，但是所有的陸塊、海岸線都是左右顛倒的。在鏡子裡看就正了！」我仔細觀察，果然這個圓球很像是塑成的地球模型，陸地凸起，海洋部分則是琥珀，鏤刻出海洋和大陸的不同樣貌。

「哥，你眞厲害！一下子就看出來了。」我詫異地問：「難道是另一個相反的地球？」一種不可解的神祕和懸疑在心中泛起。

「我也不知道。」哥哥攤攤手，「希望我是愛因斯坦或是霍金才能解答。」

哥哥想再去探查一下那只奇怪的蛋形浮雕，於是半夜帶著我，拿手電筒進入了考古現場的石穴裡，我們被身後的汪汪聲嚇到，原來家裡的哈士奇悄悄尾隨而來，哈士奇習慣地舔舔我的小腿毛，癢癢的，好舒服。

「嘿，哈士奇，你太太怎麼沒來呢？」哥哥打趣著問哈士奇。

哈士奇狗狗高興地在我們哥倆褲腿間打轉跑動，空氣欠流通，牠吐氣吐得厲害，好像還帶節奏的樣子。

終於看清楚那只泛光的地球浮雕，海洋部分在黑夜中凸顯燦亮神祕之美，陸地的部分看起來光澤斑斕，我摸著那只球狀物，好像兩手抱著地球，超凡神聖又輕鬆自在，一瞬間彷彿我是上帝，可以操弄星球於懷抱和手掌之間。浮雕的海洋部分感覺比較冰冷，陸地溫度比較高，裡面有液狀體在流動，像一顆巨大的黃水晶。

仔細一想不免毛骨悚然，既然是古代文物，怎會描繪出地球的外貌？

球體不斷地傳來滋滋響的聲音，哥哥把掰開的兩片半圓外殼再合攏還原，它竟然自己滾動起來，閃耀著點點彩光，強烈噪音尖利刺耳，像一個有生命的靈活物種，朝深不可測的地道裡滾去，移動得迅速有如貼地疾行。我想起，當麥田圈形成之前，有人拍照發現光球在農場上空迅速飄浮打轉，這就不知道跟我們發現的怪球有沒有相關？

我們摸索著走在越來越小的通道，無法再往前深入，正要回頭，哈士奇汪汪叫著，奮不顧身往前奔去，李奇博士跟著衝進狹窄曲長蜿蜒如迷宮之處，不多久卻驚惶失魂跌跌撞撞跑回來，連聲劇烈咳嗽，大約是被滯悶的空氣嗆到了，遠處傳來轟然巨響，地面劇烈搖動，待恢復平靜後，李奇博士勉強擠出尷尬乾笑聲，咯咯咯敲響暗黑冰冷的岩洞。

哈士奇的吠叫聲由大而小，由近而遠，在黑暗地道中逐漸消失，以至沉寂。

「哈士奇，哈士奇……」我和哥哥嘶聲叫著。

我們都嚇傻了，三個戴頭燈的人影在恐怖與駭異的陰影中成了呆滯的木偶。哈士奇的狗老婆等不到老公回家，不知要怎樣的躁動不安。

李奇博士到底被什麼嚇到了？

「我看到好強好強的光，」李奇博士驚魂甫定：「從地道的深處盡頭傳出來，我睜不開眼睛，還聽到一連串滋滋滋的聲音。」

回家後，我上網查證了探查埃及金字塔發生的故事，曾經有一位考古學家進去通道之後，被強光嚇到而暈眩不已，不知兩者有無相關？

從一開始跟著老爸和哥哥的團隊工作，每天都有不同的新奇事物讓我大開眼界，我也一直保持昂揚的興趣與鬥志，如今恐怖事件的發生，毋寧說是一種知識震撼或意外的刺激。如今我開始強烈思考宇宙的問題了。

小時候，我對天空和星星很好奇，後來知道星星都居住在天空裡，從遙遠不同的地方發出光線，經過地球大氣層一閃一閃地眨眼睛，星星看著我們，我們看著它，星星有的距離幾百、幾千或幾萬光年遠，有的則距離幾百萬、千萬和億萬光年遠。

一個小小的腦袋瓜想著光要走的距離有多遙遠，要想的宇宙空間有多大，我想知道天的外面是什麼，爸爸說這是一個不容易講清楚、不容易了解的問題和答案。

爸爸引用了物理學家愛因斯坦等人的說法，宇宙像地球表面一樣是有限的，但沒有邊界，這就是我小時候得到的觀念，宇宙的外面無法想像，整個宇宙的架構被形容爲一個蛋。它是從一個奇異點開始，凝聚時空能量，大約一百三十八億年以前，奇異點猶如宇宙蛋突然爆開，在大霹靂中震撼出時空，物質世界破殼而出，宇宙紀元從此開端，所有的物質世界、天體和生命也逐漸成形。

II　怪夢：顛倒的世界

參與哥哥和爸爸的考古工作，只是我的好奇本能和興趣，也許是對一連串考古事件的神祕不可理解，造成了不安和焦慮，我下意識期待自己在現實的生活中有所長進，把握自己的未來。我參與學校的職業技能訓練時，曾經和嫣虹談過，我夢想自己和她在全世界開設了很多的美髮美容連鎖店，還建立了國際品牌聲譽，一如麥當勞、星巴克那樣成功的國際性商業成就。那天晚上我作了一個奇怪的夢：

我夢見自己和嫣虹兩人搭檔在美髮美容界享有超級盛名，跑遍世界爲很多名人理髮美容，包括：

習近平、溫家寶、章子怡、劉德華、成龍、林志玲、李連杰、湯姆・克魯斯、克林・伊斯威特、柯林頓、希拉蕊、布希、歐巴馬和其夫人、日本首相安倍、俄羅斯總統普丁、英國首相卡麥隆、德國總理梅克爾、加拿大總理史蒂芬・哈珀、韓國總統朴槿惠、金正日、台北市長柯文哲……

我搜集了好多當代名人的髮型，包括政治人物、影星、歌星、作家、科學家、企業家……我們甚至發展了成功的美妝事業，成爲神仙美眷，聘僱好多助理人員，大展鴻圖，住在紐約第五大道的三十五層樓豪宅裡，從窗戶往外望，高樓林立，夜晚繁星與街燈點綴了天地，有如外星世界的建築，這才是我所要的人生……

作夢醒來後，我原來置身在熱鬧繁華的街道，滿街是衣著整齊的帥哥狗、美女狗在走動，當然也有斯文老狗和淘氣小狗。

轎車裡都是狗，大巴士裡面有個司機長得很像哥哥在開車，載著狗乘客，商店、百貨公司、餐廳和遊樂場到處是男狗女狗老狗小狗進進出出。一條街道裡音樂旋律繚繞，一隻碩大美麗的雞，參與藝人活動，聲稱表演的是「時間的奧祕」，牠可以回到過去，誕生自己，牠在一陣煙霧過後消失不見，成爲一顆蛋，蛋殼破碎後成爲一隻小雞，再長大成爲碩大美麗的雞。這也是雞生蛋、蛋生雞的循環。

這才發現我和嫣虹在五光十色的街上逛。西裝筆挺具有紳士風度的狗兒哈士奇牽著我，美眉也牽著我喜歡的嫣虹，我們像一家人走在一起過斑馬線。

我感到嫣虹心裡愛的溫度和甜度，前面商場閃著五光十色的霓虹燈，廣告打出新發明的長壽牌人食營養品，說是可以增加人類壽命到七十歲以上，否則只有狗狗的七分之一歲數，哈士奇和他的狗太太美眉有說有笑的，在一間貼滿各式彩圖廣告的人類食品店停下。

「買十公斤長壽牌人食吧！」哈士奇的狗嘴裡牙齒白亮，咬字清楚。

「小興和嫣虹也很喜歡吃漢堡、薯條呢！」小興是我，美眉叫我小名，好像我已回到更小的時候。

「就順便到麥當勞去吧！」

哈士奇開車回家，我們住在一幢舒適的房子裡，我和嫣虹溫柔地蹲在美眉和哈士奇的身邊，牠們夫妻倆坐在沙發上看電視，畫面上是星際地理頻道的科技新聞正在播報新聞：

「我們熟悉的這個三維空間和一維時間的宇宙，其實是多重宇宙，這超出我們狗類的科學經驗，這個多重宇宙是以多層膜的形式存在於一個多維超空間……有時可能只有原子大小，也可能無限地大，有時則會和其他相反形式的宇宙交叉，就會有情況發生……有時是偶然的機緣，會有不同星球呈現相反的世界，在那兒，狗是被人養的，狗是人類的好朋友……」

狗狗哈士奇和美眉地端詳著我。哈士奇說：

「小興呀，我們養你這麼大，你要乖一點啊，不要老是跑到古地道裡去玩啊！裡頭有一顆神祕的蛋，會出事喔！」

「老公，別胡說什麼蛋了！小興和嫣虹吃了長壽牌人食，有福氣跟我們狗狗一樣活至七老八十喔。」美眉說。

「汪汪汪……」院子裡，樹底下一個很大的籠子裡，關了好幾個赤身裸體的男人，他們發出狗吠聲。

「他們是誰？怎麼被關在裡面的？」我問。

「喔，這是養來做美食用的，也可以是賣給餐廳的好菜；從外星運來的。」

嫣虹瞪眼看著籠子裡赤身裸體的男人，驚呼著：

「那不是隔壁班的臭男生嗎？」

嫣虹兩顆眼眸像眾星的光在閃爍，令我著迷不已，我想到宇宙的創生，想到一顆顛倒形狀的地球浮凸蛋，我真的想不透，我也是糊塗蛋一個。

□

原來我作了奇怪的夢中夢，最後還是醒來了，我把夢境告訴哥哥，哥哥笑咪咪地說，昨晚我的夢境裡，開車的司機就是他。

「奇怪哦，那麼你怎會跟我作同樣的夢哦！」

「不錯，我們好像進入顛倒的生活。」哥哥說：「我來解夢，解解看，我們日有所思夜有所夢是理所當然的；你希望用你的技能謀生，成就事業，這是現實中的未來可能。至於你被狗爸爸、狗媽媽牽著手逛街，這是一個人狗顛倒的世界，是另一平行世界的可能，在那裡人與狗的生活和壽命是顛倒的，人的壽命只有狗的七分之一。在那個世界裡，有些人是被當作美食飼養的。不過，那只是夢……裸體的男生代表生命力，人被關在籠子裡發出狗吠聲，他們在另一世界虐待動物，如今罪有應得……」

「哥，你說的好像都很有道理。那麼……這一切發生的事都與我們挖掘的古物有關嗎？」

「很難說，我們的挖掘工作和發現的東西，無意中和宇宙劇變產生連動了，我聽李寄博士和爸爸在討論，也許宇宙像顆蛋，蛋生雞，雞再下了蛋，誕生新的雞，但也有可能雞再經過時光倒流變成蛋，再生了自己……這只是更玄奇的可能，不大能信，只是科幻作家的想法……」

「雞回到過去再變成蛋生出自己，這個太玄了！我只能相信前面一個說法，是誕生新的雞，比較合邏輯……」

「這是無限的可能之一啊！」

因為我們的奇怪經歷，爸爸將情形報告到科學中心去，李奇博士很慎重地帶了兩個工作人員來採訪我們，並錄了影，他們的討論中，我聽到其中的一段特別有感觸：

「宇宙與人的關連性是很難理解的神祕，人孕育了宇宙的全息狀態，人與宇宙的相對應性，透過了觸媒——類似接觸到挖掘出來的物體，得以產生反饋或感應。外星人在古代也許來過地球，他們要監控地球人有很多方式，最明顯常見的是麥田圈，他們也許可以進行腦波干擾，輸送夢境，藉機會告訴我們一些訊息。」

III 夜空圓杏眼　藍眼淚

赤霞滿天空，遠天的太陽火燒得紅通通，烈日和紫外線像雪崩一樣傾瀉大地，光熱絢爛，公路外的田野和草原和樹木被染得紅裡帶金，有如置身夢中的風景畫。

老爸開著博物館的車到機場去拿代號「妖怪」的探測機器人，我坐在老爸旁邊興奮極了，忍不住把妖怪抱到大腿上玩。仔細研究這個妖怪，它大約三公斤重，三十幾公分長，主身體分成四節，有如蜈蚣，方便爬行，還有六組輪子可以快速前進，前方伸出二十公分長的蛇狀管，蛇頭有小型探照燈電眼，電眼與精密的３Ｄ鏡頭、立體攝影機連結著。妙的是那兩隻手，各有六隻手指可以變化組合成吸盤，所以不管抓握東西、撥開障礙，攀爬高處，可以在黑暗洞穴地道行動自如，前進後退和拐彎抹角自由無礙，當然最重要的是精密電腦的運作和傳達訊息。

「有了妖怪，很快會找到我們家哈士奇……」我說，一邊撫摸著妖怪的一隻手，跟它親熱握手，讓它抓著我胸前的Ｔ恤。

「總要查出地道裡出了什麼事！發現裡面的祕密才是重要的。」一向樂觀開朗的老爸變得嚴肅起來，神色繃緊著，連空氣裡的浮塵也帶著焦躁味。

想到狗狗哈士奇在地道裡失蹤，心裡難過如刀割，忍不住壓抑了哽咽。

媽虹曾經安慰我：「別傷心得要吐血呀！你們家一向當牠狗兒子，沒虧待過哈士奇，就心安啦！」

家裡哈士奇的狗妻子美眉一直垂頭喪氣，茶飯不思，媽媽偷偷掉淚，不時唉聲嘆氣，家裡的人想到哈士奇爬進深黝不見盡頭的穴道失蹤，就像被割掉心肝的悲痛，再一想到地道裡的陰森可怕，不禁毛骨悚然。

開往考古村的車上，我靠著座椅打起瞌睡，妖怪在我懷中輕輕蠕動著，好像一隻具有靈性的動物，依偎在主人懷裡。

突然被車外的噪音驚醒，兩輛電視轉播車跟在後面，像是獵狗追獵物跑。靠近我們臨時住紮的考古村草原公路上，平常車子稀少，一下子車流多起來，大概又是來查訪考古基地，加上最近出現不尋常的麥田圈異象，夜空出現圓杏眼形狀的藍光，引起世人注意。

車窗外吹來令人窒息的陣陣熱風，我坐在老爸旁邊，烤得我喘不過氣來，連呼吸的空氣都變得燙熱，嘴裡和喉管都燒焦一般難過，我不但汗流浹背，兩條腿也濕淋淋，在腿裡冒雨一般順流而下，褲子鞋子也都濕得徹底，在空氣裡就像泡在熱水裡的感覺。天空和大地的氣氛，讓我覺得是置身在火爐裡。

也許老爸有意掩飾考古地道出事的不安，一面看著窗外，一面隨意哼唱著我所熟悉的古老的歌，臉上的汗水，像染了一層金亮亮的光，我也跟著他哼著：

「……你的眉兒……細又長呀……好像那樹上的彎月亮……你的眼兒明又亮呀……好像那水波兒一模樣……好像那水波兒一模樣……」我想，老爸是在讚美大自然，也是追憶跟老媽在一起的時光。

「老爸呀，我衣服、褲子都濕了，竟然像是尿褲子了。」我故意誇張叫著。

「我也一樣啊，忍耐點……」火眼金睛的爸爸望著窗外，一張金紅的臉擠出勉強的笑，幽默地說：「尿跟汗的成分差不多啦。」

車裡已經好久不用的電視機突然受了震動自動開機，出現雜亂的雨點和滋滋噪音。老爸曾經開玩笑說過，電視沒訊號時出現的雪花和噪音是嬰兒宇宙誕生時的哭泣。

老爸的形容，讓我感覺到宇宙與人有著同樣的難解的神祕。

我把電視換了頻道，畫面不很清楚，卻傳來電視台女主播沙啞沉鬱的聲音，還提到老爸的名字：

「巴蘭考古村地上出現一個超大的麥田圈……考古隊的楊達民教授正聯絡科學界前往勘查，聽說村裡還發生怪事……前天晚上，天空出現杏眼形狀的藍眼淚……一道藍光從天而降……」之後就聽不清楚在說什麼了。語句斷斷續續，收訊不清楚，每一個頻道都差不多，滋滋響的聲音一陣陣，電視雪花也一樣劇烈。

我把電視機換了頻道，雪花和噪音依舊不斷。

「爸，宇宙哭得很厲害，老天出事了嗎？」我忍不住迸出話。

「你還懂幽默呢？」爸爸額臉上的汗發亮著。

我換了一個可以收訊的頻道，話題頗不尋常，語音有如收訊失常般顫抖：

「你……看過這樣一幅……畫……嗎？西元五十億年……的紐約……再偉大繁華的城市

……在西元五十億年的時候……會變成什麼樣子……」

「爸，他在說笑話嗎？誰知道五十億年後怎麼樣啦？而且我們住鄉下又不住紐約……」

爸的的眉心打了結，兩條毛蟲似的眉兒差點吻在一起，他正要按掉電視開關，驚悚的語音繼續從電視飛出來：

「啊啊……五十億年後的都市……不光是紐約，地球連海水都蒸發乾了……任何摩天大樓還會存在嗎？全世界各大都市的大樓靜靜佇立著……等待著……太陽的怒火……包圍過來……其實不必等五十億年後……」

我在心裡嘀咕著，難道宇宙正要提前結束嗎？

電視中模湖的畫面閃著光，我把它關掉的一瞬間，聽到記者高分貝的聲浪，說了一句：「膜宇宙衝擊」。我的手指頭被靜電震擊了一下，麻麻的。

「怎麼會這樣？」

「嘿嘿，被你說中啦，好有意思呀……」老爸說：「膜宇宙本來是一種理論，從弦論和M理論導引出來，指的是我們宇宙是被鉗在更高維度空間裡的膜，其他的膜有時會通過我們宇宙，發生不可預測的效應。」

我想到劉慈欣的《三體》第三部的序幕，寫到一四五三年東羅馬帝國京城君士坦丁堡的陷落，提到第四度空間高維碎塊接觸地球，因而有魔法師隔空取走人腦的情節，非常深刻動人的精采魔幻故事，神奇美妙，又具有悲壯驚心的歷史感。

爸轉了話題：「快到家了，開了這趟車，流了不少汗，回家後你們兄弟就努力查看一下各地的新聞動態吧。」

我的喉嚨乾澀得像被東西塞住一般難以言語，只能在心裡盼著月娘早點出來，太陽公公快點回家去，想著住在氣候舒適的星球。猛吞口水，我吐出話：

「我想去看看那些青銅古物，還有那只發光的蛋。」

到了家，媽媽本來在廚房忙著，看我們狼狽的樣子，叫我們趕快淋浴去。這個住家是臨時租的，本來只有老爸和哥哥是考古隊的人員，我爭取來這兒實習，考古隊臨時在山村租了幾棟民房居住，媽媽不放心我們，也跟著來了，成爲全家的保母。

「你們洗過澡，趕快踩踩發電機，補充照明用電吧！」媽媽催促著。

「不行呀！」哥哥從院子後面的榕樹旁探出頭來，指著那台人力腳踏發電機：「還是先努力充電，再沖澡吧！免得又流汗了……」

我隨便塞了些東西吃進肚，努力踩著發電機，抬頭上望，夜幕好像破了一個杏眼形狀的大洞，洞外面映射朦朧藍光，被稱爲美麗夜空藍眼淚。哈士奇美眉在榕樹下玩耍，很快跑過來，靠近我們，卻不斷地繞圈圈，對著天空狂吠不已，好像在抗議她的伴侶不見了。

「坐下！安靜點，別叫啊……」我叫著：「妖怪機器人很快就進去找妳老公啦！」

狗小姐美眉平常很聽話，智商也高，牠果然坐下來，勉強壓抑了時而發作的嗚嗚傷心噪音。

死命踩著發電腳踏車，滿身是汗，兩眼發昏了，換哥哥來踩了，我說：

「每天勤練身體三小時，變成肌肉男，但是肚子容易餓呀！雖然發了電，卻得消耗體力，能源是一加一減……」

「你的屁股練得結結實實的、鼓鼓的……若是迷住嫣虹的話，還得養得起她呀！」

「去你的！」我說得振振有詞：「我也接受過職能訓練，是美髮比賽第一名。至少將來我也會是美髮設計師，我可以靠美髮賺錢生活……」

我和哥哥勤練肌肉的結果有了著力之處，幫忙老爸的考古隊深入地穴裡搬移石頭、機具和文物，還努力發掘新遺址，當然凸顯我的男性魅力也是一舉兩得！

IV　宇宙誕生圖

考古隊的新玩具要出發囉！

老爸開始操作著妖怪機器人控制台，一堆人圍著監視器屏息注視。哈士奇的狗老婆美眉也湊在旁邊，似有所悟地觀看，時而發出嗚嗚嗚的低吟聲，好像在預祝順利。

妖怪的探測燈所照之處是光滑平整的岩道，巴蘭古遺址的神祕文化也顯示在牆壁雕刻上的符號，屬於象形文字一類，卻又不同中國老祖宗的一樣。妖怪的兩隻手，十六根帶有小吸盤的指頭在地上開始滑稽地蠕動起來，有點像伸出十六條蟲伸縮抓扒，在轉彎處格外能發揮作用，前面有半個骷髏頭露出了地面，兩個深洞般的眼眶對著鏡頭，妖怪的兩手伸進去撫摸一下，滑輪啓動，監視器裡呈現的妖怪行進時的所見所聞，藉著妖怪的兩隻手和一隻蛇形探測管，也能看到蛇管尖端的特寫景觀，如果必須仔細觀察細部物體時，蛇管是很有作用的。大約半小時的漫遊，前面出現扭絞的蛇體雕刻，豎立在一座巨大棺槨之上，探照燈光照射下，對比出棺槨的深沉和蛇體的閃亮。

妖怪仔細掃描查看，雙手往上攀扶，慢慢爬上棺槨基座……

「哇！怪獸！蛇頭與蛇尾連在一起！」我嚷叫著。

蛇雕上的頭尾相連，高高懸在基座上，呈現鏤空的立體阿拉伯數字8字形，蛇身飾有菱紋和鱗甲，蛇身附著兩片鏤空的刀狀羽翅，巨大蛇體呈盤旋扭絞的飛騰之狀，頗有中國古意。

「蛇頭吞蛇尾，這是銜尾蛇，數學上『無限大』的符號……」哥哥說。

「有始有終，頭尾如一，呵呵……世間萬物皆輪迴啊……」老爸若有所思。

「艾略特有一首詩：起點就在終點的盡頭，走過全程，方知因果如是……」很有人文素養的李奇博士，喃喃唸著。

我想起哥哥的科幻學會同好中有一位優秀才女，是學藝術和影劇的留美碩士，她的網路頭像使用的就是銜尾蛇，原來有其哲學意涵。

終於看到一個晶瑩泛光，有如水晶的蛋形體，就停佇在蛇座旁的石柱邊閃著亮光，妖怪的探照燈往前照，深不見底的洞穴就在旁邊不遠處，也許哈士奇就掉進洞裡不見了，我的心也似掉進萬丈深淵，老爸和哥哥死盯著螢幕，沉默著。

妖怪的十六隻手指頭摸摸搞搞，敲敲打打，球體有一層半透明的硬膜，可以看到裡面有朦朧模糊的圖案，中央有一條裂縫，妖怪抓著球體在仔細觀察，在接縫處撬開它，妖怪靠近了圓球，聚光探索，雙手用力掰開它。

「球裡有球？眞是妙妙球呀……」李奇博士抬起頭來，看看大家，咯咯的笑聲再一次迴盪在古道，溫熱爽朗氣息撞擊了牆壁的冰冷。

裡面露出另一顆圓球，斑斕晶瑩，透出紅紫藍之色，發出我們先前常聽到熟悉的滋滋聲音。

「汪汪汪……」狗狗美眉驚叫起來。唉，女孩子總是大驚小怪。

「就像電視頻道沒訊號時發出的噪音。」老爸說。

這時，遠處地道裡的妖怪機器人，兩隻手剝開圓球外膜，呈現出帶有點點光斑的另一晶瑩球體，在黑暗中有如液晶現出璀燦光暈，我們這些觀望者不約而同發出驚呼。

「看清楚沒有？這是宇宙微波背景輻射圖呀！」老爸說：「宇宙誕生時電磁波圖形，微波輻射是一種電磁波，充滿整個宇宙。」嚼口香糖代替抽菸斗的老爸，像在咀嚼著一個複雜的宇宙哲學藍圖，繼續解釋著：「當宇宙剛創生時，質子和電子結合成氫原子時，所釋放出來的輻射電磁波，形成最古老的光，刻寫在天空上，顯示出微小的溫度漲落，對應著局部密度的細微差異，代表著宇宙未來發展結構。」

「我剛想這麼說呢，這是我們之前所了解的啊……」哥哥的語音吹送著冰冷的寒意，我們都被嚇到了。「宇宙出生圖竟然出現在這兒？妖怪機器人正在把玩著它……」

「是外星人的遺跡吧？」我本能發問，四周沉靜得連飛揚的沙子落下都聽得到聲音，也許大家都受驚了。

「什麼事都推給外星人，想法也許幼稚了點……」哥哥說。

我聯想到史前文明也許有過一段科學昌明的時代，如今地球上發生的無數幽浮外星人事件，也許都有相關。外星人始終躲起來，不願正式與人類接觸，卻留下神祕的遺物，比如之前發生的馬來西亞民航機消失事件，美國就有傳聞是外星人攻擊或者外星人擄走了民航機。

妖怪的手再一次敲打碰觸了球體，球體突然越縮越小，縮到像一顆雞蛋，妖怪拿在手裡把玩著，再縮得更小，以至不可見，一陣爆閃強光，監視器的畫面在白光消逝之後，傳來滋滋滋的噪音……

「汪汪汪……」一向溫柔的美眉不知哪來的衝動，或許感應到了她的狗老公的存在，飛快地朝地道深處奔去，這是我們最後一次看見狗美眉了。不多久，地道裡傳來一陣可怕驚人的爆響，天崩地裂般的震動，伴隨著可以把人吹飛的強風襲來，刺裂人膚的沙塵噴射而過，我們趕緊趴在地面，等候風暴過去，一切回歸靜寂，感覺有如換了一個世界。

地道外面出現了手電筒的光，兩個高大的人影氣喘吁吁衝進來，老爸的另一位同事，在光影中喊叫對話：

「外面很多地方電力失靈了！地鐵出事了、全世界差不多同一時間有五架飛機失事掉下來了，還有潛艇相撞、很多地方火燒山……」

「這是因爲地磁變化的關係，好在沒有再擴大……」

「我不放心，跑來看看……」李奇博士的爽朗不見了，他嚴肅地說：「我心裡很多化不開的疑團，眞的不知到底怎麼回事？」

到底怎麼回事？難道宇宙空間的事故造成地球的災異和變故？嫣虹跟著同學來看我的時候，擔心世界就到末日了。我安慰她，自己卻掩藏不住心裡的驚惶。

V　宇宙蛋

風平浪靜以後，我們發現考古遺址的地道爆開了一個天坑大洞，直通地下，深不見底，聽說當天晚上，民眾看到直衝雲霄天頂的白光，最後天幕上的圓杏眼閉合起來，藍眼淚也消失不見。後來我們才知道，埋藏地底多少萬年的某種神祕機制被觸動了，向外發出了強烈訊息。

天文台報告，太陽的背後某處發出一片超大閃光，連深夜的大地都被藍光照亮了。天空發出轟然巨響，海嘯襲擊了岸邊的都市，核能電廠發生事故，成千上萬的流民穿著破破爛爛的衣服，騎著腳踏車，推著板車，從平地遷徙而來，從門外經過，像蝗蟲過境一樣，阿姨拿著吃剩的飯菜救助過路的可憐人，驚慌的臉色像被火燒過。

一切來得太突然了，嫣虹的姊姊到田裡去採絲瓜，一去不回，全家人十分不安，我知道事態嚴重，盡量隱藏住心裡的恐懼悲痛，附近所有人家慌亂著急起來，才知道嫣虹的媽媽和奶奶抱著嫣虹的爸爸哭紅了眼。我在睡眼矇矓中看到太陽掉下來，在頭頂上的天空開花了，變成成千上萬的亮星拖著長長尾巴墜落下來，很多房屋都燒得紅通通。

老爸的考古團隊和外地趕來的科學家，在野外沒有光污染的地方搭建了一座透明帳篷。好像了解發生什麼，老爸一直悶悶地咬著菸斗，吐著煙圈，時而兩眼發直，想著什麼事，哥哥也悶不吭聲，也許他們是被夜晚天空上的圓杏眼藍眼淚嚇到了。

橢圓形的巨大透明球體覆蓋在田野上，遠遠看它，陽光下像半顆巨大的金蛋。考古隊和一群天文學家、物理學家聚在一起，每天都在會商著什麼。嫣虹姊姊失蹤，家裡發生變故，嫣虹失魂落魄，病懨懨的整個人癱軟無力，也影響了我情緒。

狂風暴雨之後的日子，氣溫降低很多了，家裡來了很多人，講著奇怪的話，我聽得耳朵發癢，因爲感覺周圍很多小點點飛浮穿梭在空間裡，空氣裡有一層霧靄，哥哥說是不知名的微粒子。十公尺高的土坡被掘成一半，在一個古地道的墓穴裡發現了奇怪的女屍，肉身未腐朽，皮膚呈紅棕色，睫毛、眉毛清晰可見，栗色頭髮披肩，面容安詳如酣睡，穿戴整齊，頭上戴著奇怪發亮的金屬帽子，插上有如翎羽的細線，敲擊之後還發出嗡嗡嗡的清脆回音，關節還能活動，衣服是粗毛布，皮膚呈棕紅色。泥地上有一大灘水漬，是棺材裡流出來的水，女屍被人用廢舊的紅地毯裹捲著，停放在平地上，篾席上長時間壓出的人形痕跡清晰可見。哥哥說，專家觀察之後，以電腦初步重建她的面貌，發現她鼻粱尖高、眼睛深凹、長睫毛、尖下巴，有著高雅柔美的臉容。

發現古女屍，本來很快地就要送去科學中心保存，但因爲發生了世界性的災異就被拖延著。從平地趕來的嫣虹，在我的鼓勵下，壯著膽子，小心翼翼觀察了出土的女屍，她說：「古代的美女啊，但是爲什麼不腐爛呢？」

哥哥講起馬王堆的女屍的辛追夫人、新疆的樓蘭美女，還有阿爾卑斯山的奧茲冰人，還不都是不腐爛的屍體，這個涉及了屍體的保存方式和氣候條件。電視新聞也曾報導，有一個沒娶老婆的農民，挖到一具鮮活的古代美女屍體，晚上偷偷抱回家去，跟女屍在一起睡覺，經過一段日子後，自己身上的皮肉開始大片大片脫落，用手撕扯下來，還可以見到血管骨頭，甚至內臟，最後就只有向死神報到了。古女屍的咒詛成了恐怖的傳聞，科學家推測可能是感染了屍體上的未知病毒。

哥哥說的最後一個女屍的故事，比有名的《科學怪人》故事還驚悚，讓我和嫣虹都起了雞皮疙瘩，全身發冷。

我們坐在小板凳上，瞇乜著雙眼，支撐著自己，呆呆聽著專家們談話，直到一個話題衝進我耳膜，趕走了睡神，全身神經跟著緊繃起來。

「宇宙出事了……」李奇博士頭髮蓬亂，看起來像愛因斯坦的樣子，操作著小型投影機在跟大家解說。

老爸老神在在，顯得淡定。「就算出事，也是好久以前的事，我們現在看到的是一百三十八億年前的宇宙呢……」

「情況不對，我們巴蘭基地出現奇怪的坑洞，能量失常，奇怪的電磁漩渦讓很多人和動物失蹤。」李奇博士說：「所謂宇宙出事，是指我們宇宙之外的空間出了事，另一宇宙正在靠近我們的宇宙，影響我們自己的宇宙。從我們過去所觀察到的現象，我得出了假設。」

「但是，假設總不是很確定的。」我在心裡嘟囔著，不敢說出來。

原來最近好多人失蹤，跟這個有關，大夥兒驚惶失措地在找嫣虹的姊姊，是在妖怪機器人進了地道後，也是地下和天上發出奇怪刺眼的強光過後，而天空的杏眼藍眼淚也消失了。

「宇宙剛形成的一剎那間，大約只有十的負四十三次方秒的時候，是所謂普朗克時期，宇宙那時只是一微小的粒子，如果質子的直徑放大一百億億億倍，質子就變成了以太陽為球心恰好能包住地球繞太陽軌道的一個巨大球體。我們今天的宇宙觀測，有一些超常的情況發生了……」

「李博士，你是說，地球和太陽曾經被超大的質子包圍了？」老爸反問。

「我並沒這麼說呀，兩者不能這麼劃上等號，這只是一種數學描述，我以為有這種可能就是……」

「最近天氣熱死了，微波背景輻射一度測不到，到了傍晚恢復了。」

「這個表示，我們宇宙的微波輻射一度因著什麼事故被干擾了……」所謂微波背景輻射，是宇宙誕生於一百三十八億年前的證據，好像是嬰兒宇宙誕生時的哭叫，從宇宙誕生時就傳出來了，我們打開電視機，遇到沒有節目時會聽到滋滋滋的聲音和雪花畫面。

「又像一個嬰兒宇宙從微粒中誕生，這顆微粒爆發出去了，膜宇宙靠近又遠離了！」

「怪不得，藍光表示都卜勒效應的靠近現象，紅光表示遠離……」我忍不住想到墓室地道裡壁雕上的雞和蛋，想起我讀過的一本科普書提到，著名物理學家約翰・惠勒說過也許有一天，有位科學家在他的地下實驗室創造了另一宇宙；想起那天跟著爸爸的車子到城裡去時，聽到記者的談話話題，擔心太陽末日，但是，如今宇宙還是好好的啊。

「那麼，我只能猜想，也許有另一宇宙的膜靠近撞擊了我們居住的宇宙，霍金說：整個宇宙四度時空只是一個平面宇宙，四維的時空可能像一張膜，而還有其他的膜存在，引力作用在兩張膜之間，這樣我們以爲其他宇宙的質量和引力是暗能量，引力相互影響……」李奇博士的聲音裡透露的不是權威，而是挖掘出造物者的指令。

「有沒可能……宇宙是被外星人創造的？」我囁嚅著發聲，聲音小得像蚊子叫，好似只有自己才聽得到，在這個場合，哪裡輪得到我這打雜的插話，但我以爲這符合了我讀過的科普書的說法，創造「黑洞」一詞的理論物理學家約翰・惠勒的理論，加來道雄、馬丁・里斯並且說，很多跡象表明，宇宙可能是超級智慧文明所創造的，包括宇宙的物質和人類的心靈活動，只不過是以虛擬的數位存在。我仔細思考著外星人在我們的宇宙創造了新宇宙，就像蛋一樣生出了雞，除非是在某處的蛋再生出新宇宙。是外星人在搞鬼吧！

李奇博士拍拍我肩膀，一陣哈哈大笑，空氣凝結住了，沒有人接腔，我心裡撲撲跳，以爲自己講的是不得體的笑話，感覺好害臊而脖子發熱，轉念一想，李奇博士的知識遠超過我之上，他絕對不是嘲笑我，我猜想也許是我天眞的話——說出了沒有人願意承認的眞相，這是科學家的無奈。

「喔，小興跟我都看加來道雄的書看得很入迷。」哥哥幫腔了：「加來道雄說，宇宙可能萌生於另一個宇宙，以他的專業視野，告訴我們，當我們的宇宙面臨死亡時，人類也許能夠逃到其他宇宙……」

「哈哈，這不就是科幻作家王晉康的《逃出母宇宙》，有著驚天動地大氣魄、大格局的長篇科幻小說的情節？」我興致勃勃接了話，並搬出我的科普知識來：「我猜他的小說跟保羅・戴維斯的科普書《宇宙最後三分鐘》的概念相合，他說我們的宇宙可能是另一宇宙生出來的，我們的後代子孫可能有能力觸發另一個嬰兒宇宙的誕生，宇宙就這樣生生不息……」

這時候感覺宇宙天外的事佔據個人的心房，個人的生活和情感都不屬於自己，自然界的事件才是我們原有的世界。

03 文明升級

I 複製的世界

那天晚上，一些困擾的事盤旋在腦際，雖然一直睡不好，窗外月光皎潔如雪，有如詩畫之境，我藉著手機與嫣虹在通訊軟體聊天，我將從網路上查到的物理學家的說法告訴她：

「也許我們的宇宙被觸發生出另一個宇宙，這情形有如一片橡皮在某個地方鼓起一個氣泡，並且向外膨脹延伸成氣球狀，也就是說由母宇宙膨脹出來形成子宇宙，兩者之間有臍帶似的蟲孔相連，從母宇宙的觀點，蟲孔的開口就像一個黑洞；隨著黑洞被氣化，蟲孔的開口就會被擰斷，使得子宇宙自母宇宙分離，從此變成另一獨立存在的宇宙；這就是宇宙如何生出宇宙的過程。」

嫣虹說，以她的腦袋瓜想不出這麼匪夷所思的複雜事。她傳給我許多她自拍的得意照片，我看到如花朵盛開的微笑、光鮮美麗的臉蛋和膚質，的確和她的美容專業很搭配，她是天生的美容師啊。

我又上網搜尋唐詩閱讀，想著那句「黃河之水天上來，奔流到海不復回」，讓自己心境奔騰在廣闊大地，保有美好的詩意，思想起遙遠的銀色月球，投射白亮的月光到我窗前，趙嫣虹飄逸的身影在朦朧中飛躍起伏，我心境逐漸平復下來。

夜深人靜，睡意來臨，唐詩優美的文詞化成朦朧的情景，好多歷史人物出現，模糊晃動著，嗡嗡嗡……耳邊蚊子的叫聲就像轟炸機般干擾我入夢，我眞火大了，翻身起床檢視，發現臥室窗簾後面的玻璃窗留了一條小縫，隨手把它關上了，另一床上的哥哥睡得香甜，鼾聲微起，臂膀有一個紅點，想必是蚊子留下的叮痕，我猛感到自己脖子後面也癢起來，再度爬上床之後，順手打了停在哥哥脖子上的蚊子，驚動了哥哥，兩人就爲了誰忘了關窗吵起來。

「嘿，小興……我剛才迷迷糊糊聽見你唸李白的詩？」哥哥說：「你剛才在喃喃唸著……床前明月光，疑是地上霜，舉頭望明月，低頭思故鄉。眞的很有詩興。」

睡意逐漸加濃，隱約聽到嗡嗡嗡……類似馬達機械或電磁的高頻噪音在窗外和屋裡震盪，這回不似蚊子在耳邊的鳴叫，而是鋪天蓋地，似遠似近的回音，一時讓我以爲自己化身成了蜜蜂，在花間樹叢裡忙著採蜜或幹什麼。台北市長柯文哲有個外號「嗡嗡嗡」，就是形容他日夜工作不息，以工作爲樂的樣子；他模樣好像進入我夢中，我想著就笑了起來。

聲音停止後，聽到有如慈母叮嚀娃娃的溫馨耳語：

「楊小興，你可以醒來了。」

「趙嫣虹，妳可以醒來了。」

怎麼？趙嫣虹不是在她家嗎？怎會跟我在一起？似遠似近的聲音在腦袋裡迴響，我的身體劇烈震動，還以爲狗狗在掀被搖床。

額。

我微微撐起沉重眼皮，模糊的景觀讓我感覺在雲霧縹緲之地顛盪，阿凡達電影的飛島之地，像一幅印象派的畫映現眼前，抖動幾下身子，被人強灌酒精般視線茫茫，只聽到嫣虹在身旁嬌喘的聲音，還沒搞清楚身在何處，卻被一枝莫名其妙的棍子，不軟不硬地敲到我頭額。

「人類複製農場到了！」

什麼啊？誰在喊著？紛亂思緒中，我搔著前額，像柯文哲遇到難題的窘狀，常被電視記者拍到的動作。

我記得……記得好端端在家裡睡覺，玩具熊柔軟的身體靠在旁邊，也是讓我安穩睡覺的枕頭，突然發現窗外透入強光，室內白亮如百千太陽透射，一陣暈眩後，有個聲音叫我拿著寶貝箱子走吧。

意識清醒後，四周閃著彩虹亮光，就似他在電玩所見的綺麗璀燦和光怪陸離，我腿軟得厲害，底下的土地有如磁鐵般吸住我雙腳，好不容易站直了。身邊的女孩子扶了我一把，才沒有摔跤。原來嫣虹來了，我正想問嫣虹怎麼來了，又被另一個聲音打斷了⋯⋯

「楊小興和趙嫣虹⋯⋯他們從地球來到孿生地球了！」

神祕的聲音繼續從腦門擴散而出，眾多閃亮的光影從四面八方擁來，直到眼前顯現人形樣貌，就像電影中所見的外星人，手指細長，兩眼凸出如黑亮的圓鏡，鼻子塌陷，嘴巴一條縫，耳朵是兩個洞，笑容展開時，看不見牙齒，跟我保持一定的距離，目光中投射出的不只是好奇，還有期待。

我終於看到外星人了。

「我們怎會來這兒呢？」我和嫣虹不約而同地發問，我牽起她的手。

「楊小興、趙嫣虹，一對科技美容、美髮師，歡迎你們來！」聲音繼續在腦袋裡擴散。

我看著一旁，果然嫣虹就在我身邊。嫣虹愣望著我，小聲說：

「我聽到一陣子嗡嗡嗡的聲音……根本不知發生什麼事，我只記得我在家裡睡覺，被強烈的亮光照射到，房間裡有如塞進了大太陽，我這個人一下子就到這兒來了，然後就……就看到你在我身邊，我好像在作夢。」

「我剛剛才想到，我們大概是被外星人綁架來到這兒的。」我悄聲說。

「怎會？」嫣虹說：「我們兩人不住在同一地方啊。」

「我們通了手機，在聊天，洩露目標，兩人不同地點被綁啊。」我說：「不管了，我們且看他們怎安排吧？」

綠意盎然的原野，很多人好似踩了飛輪一般飛奔過來，把他圍成一團，怪物一樣打量著他，這才發現自己站在一片晶亮寶藍平台上，光線燦爛得刺人，再過去就是斜坡綠野和藍天白雲。

啊哈，原來Window XP桌面是在這兒取景的？還是說，原本地球上的美麗風景被複印到這個星球來的？

「現在你和嫣虹是我們星球的貴賓了……」藏在我腦袋裡的聲音在說，我不知不覺敲打著自己腦袋，想把說話的傢伙敲出來。

「喂，你到底是誰？外星人，你想怎樣？」

神祕的聲音沒理我。蒐集頭髮是我不能說的癖好，在學校受過美髮的職業訓練，常會順手藏下同學和老師的頭髮，這裡面有著每人不同的DNA。想像自己有著一張俊秀面貌和柔美膚質的我，忍不住勃發怒火，在心裡罵道：「你是我肚裡的蛔蟲，怎會這樣了解我？」狠狠地瞪視了周圍的人，最見不得人的隱私都被窺見，我好像被徹底讀心了。熱血往頭上衝，很不自在。

聲音指引我們走向野地裡，觸目所見蓊鬱的花木，迎來撲鼻的花香，漫山遍地的黃菊花、曼陀羅、月季紅、白玫瑰和紫色的薰衣草，彩虹裡傳出如歌唱般的鳥鳴，各種顏色的鳥兒展翅穿梭，這個農場美得像天堂。

我漸漸看清楚有許多人形體在走動，果真到了另一個陌生的奇異世界，也許是天堂夢成眞。

成千上萬的人物從原野擁來，我腦袋裡的聲音像導遊的話筒繼續嘮嘮叨叨：

「這些人大都是歷史教科書上的人物，或者是當代傑出人物，你本來就看過他們的畫像和造型，現在對他們一定是似曾相識。夾道兩旁一邊是科學園區，一邊是人文園區，左邊是亞里斯多德、歐幾里德、阿基米德、魯班、扁鵲、張衡、華佗、葛洪、祖沖之、沈括、李時珍、愛迪生、費米、歐本海默、吳大猷、愛因斯坦……右邊是文史哲學家孔子、司馬遷、班固、莊子、吳承恩、羅貫中、曹雪芹、荷馬、但丁、莎士比亞、尼采、沙特、喬叟、雨果、莫泊桑、胡適、林語堂、魯迅……」

「乘著飛船飄浮在天空的，是不文不科的科幻作家魯西安、瑪麗·雪萊、凡爾納、威爾斯、愛倫坡、克拉克、艾西莫夫、海萊因、鄭文光、吳岩、張冉、江波、趙海虹、夏笳、凌晨、寶樹、陳楸帆、鄭軍、平宗奇、羅際揚、林安迪、石林散人、李伍薰、默渠、雲山、歐若奇、伊格言、吳明益、星河、韓松、何夕、王晉康、劉慈欣、張系國、黃海……」

一大堆科幻作家的名字，我本來聽都沒聽過，直到出現了幾個中國大陸與台灣科幻作家名字，我才比較清楚……

我和嫣虹好像被雷打到一樣地驚訝……

莫不是來到張系國《多餘的世界》？而……劉慈欣……他……他的《三體》，寫到宇宙滅亡又重生，不是正在趕拍電影嗎？王晉康《逃出母宇宙》的情景在空中以雷射幕投射了虛像，宇宙滅亡前的空間暴脹再收縮，蟲洞式的逃難太空船突破了光速的障礙，穿過蟲洞，後來的天馬太空船追上前面的諾亞號，有如「扒火車」一般在另一宇宙對接，近千名光頭赤足的船員集合在大廳中迎接，亢奮的歡呼歷久不絕，不明來由的兩隻猩猩也到場看熱鬧，脖子上掛了語音轉換器，以漢語發聲：

「有朋自遠方來不亦樂乎！」

兩隻猩猩好像衝著張系國倏地騰空而落，隨手比畫幾下，海底都市層層的精巧建築顯現眼前，百部電梯和眾多潛水艇忙碌穿梭，教人眼花撩亂。

我看到有著詩人氣質的劉慈欣，氣定神閒望著我們，雙手一攤，掀起電光石火的幻景，三體星球在太空運轉投射出璀燦的全息畫面，壯麗而驚悚，描述了宇宙史詩，三體人發射奇異的智子武器鎖死人類科學，使用量子超距傳輸，暗中偵測人類活動。超級智慧的外星人最後把太陽系降爲二維平面體，除了少數人逃出之外，太陽和七顆行星都化成了沒有厚度的巨畫，宇宙重新回到新的開始，宏大壯偉的史詩令人驚駭。

劉慈欣身後的韓松，露出標誌性的微笑白齒，搬演出重金屬同位素污染的《紅色海洋》，水棲人以人肉爲食，海水從二十八個地方變紅，烈焰向各船蔓延，火光熊熊，海洋遠遠近近都成了紅色，上千隻藍色的海豚騰空而起，在紅色波濤水浪間浮現了中國三寶太監鄭和蒼白流淚的臉。

瑪麗·雪萊的衣衫裙裾在風中飄曳如仙境美女，這位溫柔又具有科學科幻思想的女性作家的面前，科學怪人巨大醜陋的身影晃動如巨魔，高舉雙手嘶聲怒吼，無視於人血的甜腥美味，孤獨的怪人需要伴侶，就似乾渴的羊努力尋找溪水。

瑪麗·雪萊讓科學家爲它製造了一個新娘，正在喜樂歡唱、舉行婚禮。她苦笑說：「機器的發明帶來方便和危害。」

她的身邊站著的是具有反叛氣質的無神論詩人雪萊。

接著，進入我們眼簾的，是我一眼可以認出，帶著小提琴的愛因斯坦，不注重衣著和外表，頭髮蓬亂，看透宇宙一樣的深邃眼眸裡閃著星光，嘴上兩撇鬍子掛上他不凡的智慧和浪漫標誌。

我們兩人向愛因斯坦拱手一拜，愛因斯坦微微一笑，舉起小提琴，開始演奏出他心中的宇宙和諧。

莫札特美妙的奏鳴曲迴旋而出，沐浴在古希臘的美感中，音律和線條純淨、調皮戲謔、崇高又完美。不知什麼時候，莫札特穿著整齊來到了，嚴肅中夾著戲謔，偶爾咧齒微笑。四周圍靜聽音樂的人們，敬畏之情油然而生，突然退後了幾步，遠方的飛鳥和四周的蝴蝶也聚集過來在空中盤旋傾聽。愛因斯坦曾說：「如果我不是物理學家，我可能會是音樂家。」有人爲他寫了傳記，其中提到：「每當愛因斯坦小提琴音響起時，房間四壁似乎退移無蹤。」物理學的不對稱和神祕，隱藏著宇宙的本質之美。

「一個人死去以後最大的遺憾，便是再也聽不到莫札特的音樂。」

愛因斯坦說過的話，如鐘聲般迴響激盪，讓他永遠保持莫札特的熱情！我聽到腦裡的聲音娓娓述說。然而愛因斯坦跟其他傑出人士都活在這兒呢，羅斯福總統也坐著輪椅來了，拉長耳朵聆聽著有如天籟的美音，音樂吸引了四面八方的杜魯門、艾森豪、甘迺迪、尼克森、詹森、雷根、柯林頓、布希、歐巴馬、馬英九，甚至天上的飛鳥也都臨時停駐樹梢。羅斯福跟愛因斯坦靠得最近，他的輪椅靠著愛因斯坦身邊，深深感知莫札特音樂與愛因斯坦宇宙心靈的悸動，愛因斯坦右邊站著高大俊偉的美國狙擊手克里斯．凱爾和銀幕硬漢克林．伊斯威特。

蘑菇雲在天空突然升起，強烈的熱閃光刺目駭人……

愛因斯坦的琴音中斷，他和眾人被嚇得張口結舌，就像當初眾人被激盪的琴音吸引過來同樣訝異。羅斯福總統身後突然出現數以萬計的日本人，猶如虛擬人突然恢復本尊原貌，眾人舉著「抗議原爆」的牌子，握拳吶喊。硬漢克林．伊斯威特拿著槍站在愛因斯坦旁邊，環視眾人，作勢保護。

揪心攢眉的愛因斯坦，眼淚奪眶而出，美國狙擊手紅了眼眶呆站著，克林．伊斯威特手中的霰彈槍退出了子彈，羅斯福的悲傷和悲憫抹在微顫的雙唇，雙手垂放在輪椅邊。

眾多的原爆受難者有如地獄裡的人體又回復了虛擬。

涼冷的雨滴落下猶如天空的眼淚，愛因斯坦低著頭，視線從濃密灰白的銀髮間透視慘烈的毀滅災難，小提琴無力地垂掛手中，凸起的腹部露出未塞入褲腰帶的上衣，慘白的雙唇與他的皺癟雙鞋對映出低調的謙遜。

看得我們目瞪口呆，我想起哥哥說起的科學典故：

「愛因斯坦的狹義相對論方程式$E=mc^2$，預言物質與能量的釋放，提出後不到四十年，德國便分裂了鈾原子，擔心納粹研發的原子彈帶來盟國的慘敗，他寫信給了羅斯福總統，六年後他在紐約州莎朗那克斯湖畔度假垂釣的時候，聽到日本廣島被原子彈毀滅，震撼得幾乎心碎，愛因斯坦轉而獻身於和平事業，和羅素等十一位諾貝爾獎得獎人呼籲廢止戰爭，簽署宣言後六天，愛因斯坦的本尊便宣告死亡。」

如今，愛因斯坦和其他名人怎會活在這兒呢？

「好在這兒拷貝了人類記憶農場，愛因斯坦和其他同在農場的人得以凍齡方式長存不朽，當有訪客來訪時，大家便來一次嘉年華，甚至重演歷史。」述說故事的低沉聲音，導引了我們時空方位，卻仍免不了「我往哪裡去」的困惑。

「但丁來了。」外星人的聲音說。

來到我們面前的但丁，說著《神曲》的靈感來源，吟誦著：

「在人生的途中，我迷失在一個黑暗的森林之中……我怎麼會走進那個森林之中，我自己也不清楚。」

我們看到劉慈欣從一株金城武樹的樹幹旁閃身而出，手裡拿著冷峻的《黑暗森林》一書，交給了金城武，站在一邊的林志玲，甜美笑容中含藏著落寞和對宇宙的不解。

金城武樹是台灣東部台東縣池上鄉一條被稱爲「翠綠的天堂路」的伯朗大道上一棵茄冬樹，在電影明星金城武替長榮航空公司拍的廣告片後暴紅。這條沒有電線桿的道路展現純淨翠綠的大自然美景，道路兩旁金黃色稻穗搖曳，最爲迷人，吸引無數人如朝聖般到此一遊，卻反而帶來垃圾污染。

「踩著白色地毯往前走就是啦！剛才的畫面只是演出來的。」有聲音指示著。

一條銀色柔軟的地毯有如銀練鋪在草地上，一直蜿延伸長到池畔的花叢邊，各種顏色的鳥兒駐足枝椏間唱出千古頻率。我們順著銀白色絲質地毯往前走去。

面前出現一個目光如炬、眉宇開朗而紅光滿面的老人，他斜臥在大樹邊的金色搖椅裡，神態悠閒，幾百隻蝴蝶在周圍穿飛，一個長髮老者在蝴蝶陣裡打轉，眼神痴迷，兩臂展開假裝自己在飛翔，以爲是迷失了方向一般，又似陶醉於穿梭花草蝴蝶的優雅美妙。

一隻大象般的蝸牛在草地上爬行，巨大光滑豐滿的脖子伸展著一雙旗桿似的蝸牛角，而窩藏身體的屋殼圓潤光澤，牠慢慢在草地上昂然爬行，如活動的圓頂房子，做著運動的底部，似柔軟的肉輪子般蠕動，朝向散放花香的原野。

眼神迷離的智慧老者莊子，長長的鬍子盤到耳後面與銀髮連成一串，有如包覆著銀白圍巾和頭巾，他像古代的行吟詩人，語音瘖啞地說著令人迷惑的故事：

「有個國家叫觸氏，位於蝸的左角……又有另一個國家叫蠻氏，位於蝸牛的右角……兩個國家起了戰爭……血流成河……數十萬屍首堆積曝露野地……戰爭經過十五日結束……」

「你說這樣的國家哪裡找？」銀色長髮的老人在旁邊應聲了。

「這不是莊子則陽篇的寓言故事嗎？」我腦裡的聲音嘀咕著：「人在宇宙中的渺小微不足道，兩千多年前就被莊子道盡了，只是在這兒看到蝴蝶、莊子和蝸牛都融合一處，渾然天成的畫境。」

幾十隻蝴蝶分別聚集在蝸牛的兩隻角上，金色微粒在蝴蝶翅膀上映出耀眼的閃光，莊子一擊掌，響聲清脆，蝸牛角上的蝴蝶都飛散了。

「你們來幫忙這位詩人理容剪髮吧！」腦袋裡的聲音又叮嚀著。

彩色光線和高大的石雕巨牆呈現廳堂的莊嚴。樹底下的詩人高聲誦唸著，愁苦聲調帶出了一串長長的白色霧靄，在空中凝結成巨大字體：

白髮三千丈
緣愁似箇長
不知明鏡裡
何處得秋霜

「古代詩人李白著名的詩，意思說：白髮因爲愁緒而生而長，感覺長到不可思議，照看明鏡中的我，哪裡得來的秋霜啊！」解釋者的聲音有如宏鐘巨響。

我們腳下是一匹銀白紡紗狀地毯，遠遠追索著它的來源，原來當初被誤會踩在地毯的是鋪地蜿蜒數公里的銀髮，那樹底下靜坐喝酒的老人也許是李白，而那匹銀練在地上蜿蜒盤旋穿過幾個瓜棚架成了銀色垂簾，好給棚架上的蜂窩作爲高貴的裝飾門禁，白練繼續綿延通向綠茵山坡盡頭……

這就是李白的三千丈頭髮呢。

「你們來幫李白理容剪髮吧！」躲在我們腦子裡的聲音如春雷乍響，另一個憂鬱斯文的老者站在我面前唸著「相見時難別亦難」，胸前掛著「李商隱」名牌，對著我們說：

「李白呆坐在這兒喝酒一千兩百多年了，我找來杜甫勸他，都勸不動呢！」

「嗯嗯……」腦袋裡一團亂又被敲了一記。看著李白孤獨的樣子，我想起「舉杯邀明月，對影成三人」的千古畫面，讓我們悠然神往。

「那麼那麼……杜甫人在哪兒呢？」

「杜甫開著車子出去，使用車輪輾過李白頭髮的方式測量長度，李白的頭髮到今天爲止應該三千丈了。」

遠遠的一輛車子，順著綠意盎然的草地鋪展的銀練，車子駛近，滿臉嚴肅和滄桑的杜甫，露著他自己寫的「城春草木深」的感傷。

「他就是李白，他說要讓白髮長到三千丈才要理髮。有人說他寫的詩是騙人的，沒有人頭髮會有三千丈，所以……」

我揉了揉眼，在凝神中面對難以置信的事，我打開箱子取出雷射工具、各式各樣的美容用具和全息照相機，整修李白狼狽的儀容，爲他三千丈的銀髮千年一剪。

臨走前，使用了全息照相機爲幾千人拍了大合照。

我將人物拉近觀察，不禁唸起熟悉的名字：

習近平、歐巴馬、金城武、林志玲、劉德華、周星馳、柯林頓、梅克爾……他們曾是我的名人顧客，讓我不解的是爲何從古到今的許多名人也都出現在這兒，我搜集的頭髮固然可以利用DNA複製，都跟我一點關係也沒有，更讓我們目瞪口呆的是，哥哥、我和嫣虹也都在照片裡，就站在黃海、張系國、劉慈欣、韓松旁邊……

II　美妙的猜想

一陣奇怪的嗡嗡嗡聲音過後，我在床上醒來，好像就這樣被送回來了。

「你去哪裡啊？」睡在房間另一頭的哥哥問我。

「我也正要問你，你去哪裡？」似幻似眞，我腦袋打了千千結，講不出話來，恍惚記得一匹如練銀髮鋪在綠茵裡，通向彩虹。

「我被帶到外星世界裡……這才了解，幾千年來外星人散播出的電子蚊子叮咬了地球人，我們的DNA被抽取了，在另一星球被複製了凍齡人類，外星人使用量子超距傳輸，隨時與現在的本人思想取得聯繫，等於是複製了另一個人類歷史文明場所；爲了讓地球文明升級。」

「嗯……那是在另一個星球吧？」哥哥思考了很久，嘆了口氣說：「大概是這樣的吧：外星人讓我們所有的人在記憶農場再生了，爲了保存地球文明歷史……而我們考古現場的發現，與另一宇宙造成了連動關係，讓你和嫣虹有機會到新的人類複製農場遊一趟，爲李白剪頭髮……」

「嗯嗯……你是說宇宙創生了另一宇宙，外星人爲了保存有價值的人類文明，老早就這樣安排了？」

爸爸突然來到我們房間，說：

「蚊子叮咬人體吸血，原來是由於特定智慧的造物者用來搜集人體基因，以便在另一世界複製人類之用，包括古人和今人，等於是另一複製世界，爲了保存人類特殊的文明之用。」

「也有可能……人類記憶農場只是虛擬的世界，一種訊息世界，藉著另一宇宙的創生之後將訊息發射過去，在新宇宙產生文明。」

嫣虹打手機過來，她也才回到家，想必跟我一樣，是外星人神不知鬼不覺把她送回來了，她在睡夢中驚醒，她說出了我心中的想法：

「我覺得，他們讓地球的文明升級了。」

〈記憶農場〉完

不可名狀的畫

I

我的父親因爲一次意外事故而在太空喪生之後，我的悲痛是沒法形容的。他老人家一直相信，以他的聰明才智，絕對可以在有生之年完成一件有史以來最令人驚異的事，那就是把「全智者」改進成爲「全能創造者」。靠著父親生前所留下來的錄影，我知道全智者的一些情形：

全智者是一部能自動學習並且自我改進的機器。目前，整個全智實驗所，都在它控制指揮下。它能夠自動搜集全世界的資訊，甚至對於來自太空的智慧語言也可以加以解析。說它是全智者，應該是名副其實的，它的能力來自於不斷地自我改進，增長智慧。

全能創造者——由全智者進化而成，它的詳情不可說，不可說……

父親和藹可親的面容在說這段話時顯露出幾分傲氣，彷彿他很有把握可以完成「全能創造者」。可惜，如今這一切隨著父親的去世成爲不可知的謎。我怔怔望著父親栩栩如生的影像，有說不出的迷惘。儘管父親曾經奉獻畢生的時間、精力，用於這方面的研究，但在他去世之後，我對所謂全智者卻是一竅不通；因爲我只是個藝術家，所有的科技在我眼中看來，只不過是爲了滿足人類的物質需要，不像藝術可以直接有益於精神層面。如果說我很固執，也正如我的父親對於科學的沉迷執著一般，兩個人都有著相同的固執。

當朱碧雲的臉出現在影像電話的牆上大螢幕時，我看見她身邊出現一張新面孔，我下意識地以爲那是她新結交的男友，我試探著問：

「怎麼樣？有沒有空來參觀我的作品展覽會？」我一直不高興她在我向她求婚後離我而去。

「只要你歡迎我。」朱碧雲噘噘嘴，柔情的眼漾著波光，就像過去每次我見到她時一樣地迷人。

我在猜想那個她身邊的男人到底與她有何關係，卻又不便開口直問。我結結巴巴地說：

「碧雲，妳知道嗎？自從妳離開我的畫室以後，我畫的畫就好像缺少了什麼。」

朱碧雲的一條手臂搭在身邊男人的脖子上，好像在表白她與他的親熱程度，然後她告訴我：「劉萬來是個機器人設計師，他懂得怎樣使機器人服服貼貼，當然也懂得怎樣討女人的歡心。」

「你好，大畫家！」劉萬來在影像幕上對我咧嘴一笑，聲調出奇地和悅友善，看來對我沒什麼忌諱。

「設計師，」我好奇地問，「你會設計完全像人的機器人嗎？」

「嗯，你是在談科幻小說吧？」他神祕地笑著。

「哪裡，我只是想了解一下富於創造性的科學，因爲藝術也需要創造性的思維。」

「我們公司努力的目標，就在把機器人完全擬人化，馬上就會實現了。你也許會以爲這是科幻小說中的故事。既然你有興趣知道，我不妨告訴你實情。老實說，你現在所看到的朱碧雲，只是個機器人而已！」

「什麼？」我半信半疑，死盯著螢幕上那張可愛的臉蛋，那誘人的紅唇、亮麗的眼眸，完全與我所認識的朱碧雲相似。我問：「她會寫詩嗎？」

「會，當然會！」劉萬來說出他打影像電話給我的用意，「你想不想買下它？」

「你在推銷商品？」

「別說得這麼難聽，我們只是爲你解決問題，你可以先試用一段時間，再決定你是否想擁有它。」

「很好，你們的售後服務是不是很周到？」

「當然。如果有故障，我們完全負責修理，永久保固。」

「慢著，」我突然有疑惑，「那個眞正的朱碧雲去到底在哪裡？她怎麼會跑到你們公司去給你們當模子？」

劉萬來笑得合不攏嘴：「朱碧雲是有名的女詩人、運動選手。她的外表資料和腦部思維、性格、精神狀況，早已輸入了中央超級大電腦，萬有公司是完全依照她原身的規格製作出來的。我們了解你的需要，願意爲你服務！」

完全是推銷商品的口氣！我冷冷地哼了一聲：「我想看看朱碧雲，不滿意的話，我可不願買！」

II

當朱碧雲和劉萬來走進門來時，我正在測試父親留下來的「讀腦器」。根據資料解說，讀腦器是靠著檢視人的腦波圖形了解人的思維的，它只是全智者儀器的一部分。對於我這個畫家來說，我只對它的顯示幕所變化的奇怪圖形有興趣，大約那就是眞正科學的藝術。

「嗨！」朱碧雲熱絡地向我招手。她玲瓏的曲線從她的緊身衣顯露出來，渾身散發著熱力，我幾乎不能相信她會是電子機器人。

我倒要看看妳是不是眞的會做詩！我在心裡嘀咕著。在過去與她的原身相處的日子，我爲她的才情和美麗所迷，她簡直是個女神，但她卻在我向她求婚的第二天離我而去。

「妳爲什麼離開我？」我忍不住問她。

「我沒有離開你，」這個機器人嬌柔地說，「老實說，眞正的朱碧雲因爲是人，有許多人的缺點，會老、會死、會生病。只有我這個朱碧雲才是完美的，才眞正符合你的理想。」

我若有所悟地點頭，雙臂抱著她，輕吻她的臉頰，陣陣香氣從她的毛孔和髮際散發出來，使我陶醉不已，好像經過特別設計出來的朱碧雲比眞人要有韻味得多。

「你喜歡她吧？」劉萬來問，臉上掛著曖昧的笑，「讓你先試用一段時間——就三天吧！滿意了再付錢！」

雖然我對於這個機器人還很不習慣，然而好奇佔據了我的心，面對著與眞人唯妙唯肖的朱碧雲，我感覺到她對我的吸引力。

「我決定試用她！」我說。

在父親的房間裡，劉萬來觀察著室內各種儀器和擺設；他按動了許多按鍵和開關，並且輸入了什麼指令。突然，我看見父親的臉出現在其中一個螢幕上，正在與劉萬來討論。據劉萬來說，父親的聲音容貌是生前輸入電腦裡儲存著的。

「全智者的設計應該是完美無缺的，」父親說，「有一天它進化爲全能創造者時，將會帶給人類無上的好處，它將是一部空前絕後的偉大機器。」

作爲一個藝術家，我對於科學所展示的奇蹟常常大惑不解，不免惶恐；而劉萬來卻是非常熟練地操作著機件，似乎已能了解其中奧妙。他戴上了一頂附有電極的圓帽，坐在椅上，閉上了眼。

「我試圖與全智者溝通。」他平靜地說，「讓全智者了解我，知道我的用意！」

幾分鐘後，他鐵青著臉站起來，拿掉帽子，好像受到極大的震撼。

「怎麼樣？」我問。

機器人朱碧雲的手搭在他的肩膀上，搖撼著他，這個似乎受了電擊的人，以茫然的眼注視著我，說：

「我聽到全智者在說話了，它好像直接灌進我的腦子！聲音非常……非常不一樣，就像所謂神的聲音……」

「神的聲音？你怎會這樣形容的？」

劉萬來揩了揩額頭上的汗，將一個發著嗡嗡聲的感應器關掉了。他說：「我雖然沒有見過神，也不相信神，但是我只能這樣形容。」

朱碧雲的一隻纖手拉緊了我，我感到她的手心的熱和柔軟。牆壁上的電眼正對著我們。我想起上次那個眞人朱碧雲在我的畫室裡時，我向她求婚之後的情形。她當時像受驚的小鳥一般跑開了，我在後面氣喘吁吁地追逐，直到她沒入人叢裡消失不見。現在我雖然握著的是假人的手，卻有眞實之感。她的眼眸亮著波光，從我的臉上轉移到劉萬來臉上。

「你就告訴我們實情吧！」她輕聲細語要求。

「剛才我聽到全智者說，我可以幫助王唯辰博士完成心願，因爲全智者只剩下最後幾個步驟便可以進化爲全能創造者。」

「你是說你要幫我爸爸完成它？」我問。

「只要我能夠，我當然願意。」

這時父親的臉又出現在電眼旁邊的顯示幕上，他說：「劉萬來博士，你是個傑出的機器人設計者。如果你願意協助完成全能創造者，第一個步驟便是，從中央電腦裡調出我的心智、性格和身體資料檔案，拷貝製作出另一個王唯辰；那樣，我便可以繼續回到我的實驗室來完成工作，和你一起工作，一定會很快地完成的。」

父親的聲音容貌顯然是事前錄製在裡面儲存起來，再經電腦組合播放出來的。對我來說，卻是不可思議的。

機器人設計師劉萬來目瞪口呆，整個儀器間的訊號和燈光在短短的幾秒鐘裡全部開放，像在對他表示歡迎之意。

「照這樣說，」我困惑地望著劉萬來，「我的父親還可以以機器人的身分回到世界來？就像朱碧雲一樣從你們萬有公司的工廠裡製造出來？」

劉萬來點點頭：「我就是奇怪，我們萬有公司剛剛完成的這項實驗，還沒有對外公布，而你們的全智者卻已經知道了。」他抓抓頭皮，忽有所悟地繼續說，「哦！大概是剛才我腦中的思想被測到了，全智者眞有兩下子。」

朱碧雲緋紅的臉泛起了一抹淺笑，的確讓我著迷。雖然明知她是以假亂眞的機器人，在與她四目交視時，我的心頭依然會生起激情，但是我怎能想像如果我同她結婚會怎樣？我與她並坐著，細細觀看劉萬來的一舉一動。這個萬有公司的機器人設計師對於父親留下來的設備非常有興趣，簡直就吸引了他全部的注意力。他到處摸摸弄弄，偶爾得意地叫一聲：「了不起！了不起！」

III

我和朱碧雲相處得很融洽，我帶她到展覽會場裡去參觀我的畫。根據過去的經驗，她每每在有所感動之後，就會有做詩的衝動，詩句泉湧，優美動人。

現在，我看到她站在一幅「落日餘暉」的畫前面，凝視久久。畫裡除了太陽萬道霞光透過雲層普照大地之外，還有一個少女的側影，長髮紛披在肩上，迎風飄曳，與天上的雲影相輝映；遠處有幾隻飛翔的鳥，在樹梢上空點綴著。她足足站在畫前面有一刻鐘之久，似已進入沉思的境界。

「你畫的這個女孩子是我嗎？」她問。

「是以前那個朱碧雲！」我說，「也就是妳的原身，跟妳是一樣的。」

朱碧雲回過臉來，對著我嫣然一笑。即使是輕微的舉止，也像極了原先的朱碧雲，現在我幾乎可以確定自己愛上了她。但我還是要看看她有沒有保持原有的才氣。

回到我家裡，我要她坐下來寫點兒東西。

「爲什麼我要聽你的命令，做這個那個？」她睜大了眼睛。

「因爲我購買了妳，我正在試用妳的階段，我必須知道妳的智力、能力是不是與原身一模一樣。」我覺得她的問話很不尋常，就說，「照道理，妳只是個商品而已，妳不應該這樣問我的。」

「但是，」她噘噘嘴，伸出食指，點了點我的額頭，嗲聲嗲氣地說，「你不要忘了，你所要的是一個完全像人的東西——甚至超過人，你怎麼可以不把我當人看待？就是以前的朱碧雲，你也不能命令她做這個那個！」

我爲之氣結語塞。

我等著她表現出她的創作力，我守在她身邊，看她咬筆桿沉思，但她寫不出一首詩來。我打影像電話給劉萬來，他很驚訝。

「可能是電子腦發生了故障！」他說。

「她做不出一首詩來！」我斜瞟了她一眼，「她一直咬著筆桿，好像要把筆桿吞下去。」

「我正在忙著製造你爸爸的身體。」他把一幅我父親的腦部線路圖拿出來對著我，讓我瞄一瞄，「請你帶她過來檢修一下。」

「不用啦！」朱碧雲在一旁插嘴說，「我沒故障！只是逗逗他的！看他到底想把我怎麼樣。」她起身投入我的懷中，半透明的寸縷掩不住她動人的身段肌膚，就像過去那個朱碧雲經常對我做的惹火動作，使我湧起一股難耐的激情。

「我早寫好了！」她說，指著她白嫩的大腿，「我寫在這裡呢！你要不要讀一讀？」

我低下頭去，仔細辨讀她腿上的文字。

我是一朵飄忽的雲，
不知身在何處，
心意徬徨，心意彷徨，
誰願意擁有我，
就得用愛編織成網，
捕捉住我的迷惘……

「好極了！好極了！」我興奮地抱住她狂吻，「的確是朱碧雲的化身。」影像電話中傳來劉萬來一陣豪放的笑聲。

IV

使用萬有公司製造的這個女人當我的模特兒，並且陪伴我生活，與我聊天、遊玩，甚至做愛，我感到十二萬分的滿足。我的創作慾如泉流噴湧，每天待在畫室裡畫畫，從不覺得枯燥寂寞。偶爾，我會帶朱碧雲到父親的實驗室去逛逛，與父親留下來的電腦影像交談，父親總是蠻有自信地說：「終會有一天，一台全能如神的機器會完成。」

那天，我與朱碧雲正在觀賞３Ｄ電視節目時，發現另一個朱碧雲正在節目裡表演滑水，動作純淨熟，姿態優美，把她的性感與魅力展露無疑。

「妳會滑水嗎？」我問身邊這個朱碧雲。

「我不會！」她說，頭靠在我肩膀上，撒嬌地說，「喲！你還在喜歡電視上那個人嗎？」

我有點兒不自在，視線沒離開電視上那個迷人的尤物。「妳怎麼不會？是不是又故意逗我了？」

「那應該是眞正的朱碧雲離開你以後才去學的，在我的記憶程式中沒有這一項專長，但是我可以學。」

機器人道出了原委，暫時消解了我的疑問，卻使我對３Ｄ電視上的另一個朱碧雲神往不已，她簡直是個活潑的女神。電視記者訪問她時她說，她想改變過去的生活模式和喜好，因而多方去嘗試不同的活動，以便享受人生各種樂趣。看樣子她是不愛我才離開我；這個愛我的朱碧雲，只不過是她過去的回憶，只不過是她逝去的影子罷了。我感到沮喪，我不斷自問著：爲什麼我得不到那個眞正的朱碧雲？是我自己不再吸引她嗎？是她在最後突然對我改變了主意嗎？

朱碧雲和平常一樣睡在我身邊，我翻來覆去，沒法睡著。她爬到我上面，壓住我，讓我一時喘不過氣來，然後她使盡所有的技巧來挑逗引誘我。但我覺得她只是一個電子線路所製造的東西，即使製造得再像再完美，也只不過是個仿製品，正如創作名畫與仿作名畫，儘管唯妙唯肖，仿作總不如原作來得有價值。這是我第一次用藝術的眼光來評斷這件科學事實。

我醒來的時候，朱碧雲已離我而去。我打影像電話到萬有公司去抗議，接電話的小姐告訴我：

「劉萬來出去了！你不必緊張，待會兒會給你一個意外的驚喜。」

我正在構思一幅我認為最偉大的畫，不願意因為這件不愉快的事影響我的心境，我若無其事地繼續我日常工作。就在我隨便打打草稿畫圖時，有人來訪。

門打開，我看見劉萬來身後站著一個我所熟悉的人。

「爸爸！」我衝口而出，卻不禁嚇得往後退。爸爸不是死了嗎？

劉萬來拉住我的手：「別怕！他只是萬有公司剛出廠的成品。他是王唯辰博士的拷貝體，只是個電子機器人！」

「小山，」父親叫著我的小名，「你這一向還好吧？」

我呆望著這個機器人爸爸，不知所措地舉起自己的手，摸摸他的臉。柔軟的肌肉和霜白的頭髮，完全與眞人一般。我怎能相信，站在面前的人是機器人，而不是從死裡復活的爸爸？雖然劉萬來事先曾跟我講過，他要為我製造一個爸爸，果眞見到爸爸出廠了，我卻疑信參半。

劉萬來和父親進來以後，對我的畫室瀏覽了一下，就匆匆忙忙地走到後院去，那是通往實驗室的路，我小心翼翼跟著他們。聽到劉萬來與父親在交談：

「王博士，你回來就有辦法了。」

「眞虧你們萬有公司發展出的拷貝人體新技術，把我複製出來；要不然，這項計畫就沒法完成了。」

「哪裡哪裡，萬有公司將來還要靠你呢！」

「現在就看我們了，看看能不能把全智者改良成爲全能的創造者。」父親接著悄悄地說了一聲：「我們在製造神哩！」

「我覺得有可能成功，頭腦改善頭腦，技術改善技術，不斷地迴圈發展下去，終會有成功的一天。全智者最近已經不斷地在進步發展。」劉萬來顯得信心十足。

V

通往實驗區工廠的走道上，許多金屬機器人來來往往地工作著，他們都遵循著一定的指示，有規律地在活動。這個無人的自動化工廠，比我上次看到時要熱鬧得多，儀器和設備也增加了不少，果然是個自動「生殖」、自動增長智慧的全自動實驗區。它龐大複雜的情況，是我這個畫家所沒法形容的。

「它一天一天地在擴大，」父親說，「比我死去以前大了不少！眞稀奇！眞了不起！」

「它應該會繼續大下去吧？」劉萬來問。

「當然，全智者的能力不斷在加強，自我改進，擴充體積，也使自己變得更聰明……」

「那麼它將來也可以做萬有公司所做的一切，可以造出似人機器人！」

劉萬來的話才剛說完，迎面來了三個「人」，左右是兩個金屬機器人，中間那個穿白衣服的人正朝我們招手。

「啊！」幾乎是不約而同，我們三個人三張嘴巴，同時發出一聲驚叫。

原來那個走在中間的人，竟是父親，與我身邊這個穿黑衣服的父親長得一模一樣。

「怎麼會這樣？」我大聲喊起來，拉著身邊的父親的手，仔細端詳著他的臉，再看看迎面而來的另一個白衣父親。

「爸爸！爸爸！」我的頭搖動著，兩邊觀看著兩個爸爸，除了衣服不同以外，兩個爸爸沒有什麼差別。

我看見兩個爸爸彼此走近前去，互相握了手，對視久久，最後擁抱著發出陣陣愉快笑聲。

「怎麼啦？」我拉住劉萬來的手，不明所以地問。

驚魂甫定的劉萬來，吁了一口氣說：「全智者自我改進的能力實在太快太驚人了，也許你爸爸遇難之後，全智者明知萬有公司可以製造出另一個王唯辰博士，但爲了表現它不斷進步的能力，它就另外再造出一個來。這樣看來，它還在不斷地進步，實在，實在太……」劉萬來再也說不下去了，他的手在發抖，汗濕的手緊握著我的手。

「設計師。」我顫巍巍地說：「現在我怎麼辦？」我對並列在前的兩個爸爸感到恐怖。

「那要問你爸爸！」劉萬來說，他也沒有了主張。

黑衣爸爸和白衣爸爸走近我們，他們露著愉悅之色，雙手互相搭著肩膀，嘻笑著。白衣爸爸說：

「實在太巧了，太巧了！」

「我已經說過，全智者會自動學習、自我改進的。」黑衣爸爸說：「沒想到它進展得這麼快！」

「現在讓我們一起來努力創造奇蹟吧！」白衣爸爸對著劉萬來張開雙手說。黑衣爸爸也跟著迎上前來。

劉萬來臉上顯得驚惶與困窘，在我的兩個電子機器人父親面前，他已失去了科學家的本色，像是受驚的小孩般，畏畏縮縮地站著。而我越想越恐怖，恰似一條見了鬼魂的狗，掉頭就走。

「別怕！別怕！寶貝兒子！」身後傳來兩個爸爸同聲的呼喚，他們像是雙聲帶的播音器，和諧地起著共鳴。

有一個機器人跟過來攔阻我，卻在爸爸的命令下跟隨著我跑出來。

「讓我照顧你！」機器人說，它那光滑平整的金屬外表，給我物質化的感覺，而不像看到我爸爸或朱碧雲時有如見其人之感，我也就接受了這個機器人的好意。

「你爸爸正在忙著全能創造者的設計，」機器人繼續說，「他們要我來安慰你，希望你別大驚小怪！」

VI

我和機器人回到我的畫室。我躺在床上，細細思索著最近發生的每一件事。對於一個眞誠的藝術工作者來說，科學所加之於我的，只能用「不可名狀」來形容，我要把它表現在我的作品上。我努力沉思構圖，腦海中卻不斷出現朱碧雲的影像。不知什麼時候我睡著了，卻被兩片柔軟的嘴唇吻醒。

張開眼睛，發現朱碧雲晶亮的眸子在顫動的睫毛下注視著我，使人受寵若驚。再定睛一看，兩個一模一樣的朱碧雲就並排站在床邊，衣服也穿得一個樣式，紫色的薄紗裡面套著白色的裡襯，把她們的玲瓏曲線展露無遺。

「我知道你仍然喜歡眞正的朱碧雲，」在我左邊的那個女人說，「所以我去把她找回來了！」剛才吻我的就是這個說話的人，她拉住旁邊女人的手過來與我握手。

「但是，」這個眞正的朱碧雲莊重嚴肅地說，「我還是不能接受你，還是不能愛你——我只是回來告訴你，我不再愛你了。如果你對我這麼痴，何不就選擇我旁邊這個人？」

我一時茫然，想起在父親的實驗所中見到的兩個機器人爸爸對我的震撼，現在又面臨一眞一假的朱碧雲給予我的衝擊，我的心理一下子適應調整不過來。說眞的，我已嚇得忘記了自己曾經對朱碧雲迷戀過。

這時，影像電話中出現了萬有公司的服務小姐的臉，她說：「我們公司的售後服務一向周到，你訂購的朱碧雲是機器人極品，我們的服務包你滿意；若現在你不滿意，一定是你自己出了問題。」

「妳說我不滿意，我有問題？」

「不錯，因爲你不喜歡她，不再愛她，你只愛眞肉體的朱碧雲，不愛我們仿製的朱碧雲。」

我沒再同她囉嗦就掛斷電話。我逕自收拾自己的畫具和旅行包準備出門。兩個朱碧雲交頭接耳商議一陣，其中一個對我說：

「萬有公司的技術一定有問題，畢竟他們只是機器人公司，而不是複製人體的公司；如果全能創造者完成，就能複製得天衣無縫，毫釐不差了！」她終於亮出了身分，「老實說，我是萬有公司的人，一開始我接近你，目的就只爲了推銷我們公司的機器人產品。現在你爸爸既然正在研究製造所謂全能創造者，那麼就看他的了。」她指著身邊的另一個朱碧雲說：

「這個電子機器人就留在這，也許可以在這裡改良，因爲我們公司的發展已到了極限。」

我教我的機器人檢查了那個被指爲機器人的朱碧雲，從她的頭蓋骨掀開了一扇窗子，裡面有著密密麻麻的線路和微細精密的裝置。在她的假髮被覆蓋上後，她又恢復了原有的嫵媚和性感。我眞的無法想像自己曾經迷戀過她，把她視爲心肝寶貝。現在我對她已沒了胃口，這一切轉變也許是因爲看到我面前出現了兩個機器人爸爸才發生的。

VII

在我要離開家門前，影像電話上出現兩張爸爸的臉，其中一個對我說：

「你想出去就出去吧！等你回來時，說不定我們的工作已經完成。」

「爸爸，你們到底要幹什麼？」我不解地問。

「要完成全能創造者。如果完成了，就會使你的媽媽活過來，只有全能創造者能夠創造這項奇蹟……」

「我不懂！」

「你不必懂的！你只要想想就可以了，你媽媽死了三十年了，那時候的電腦還無法保存人的心智、性格……你媽死就死了，不像爸爸死了以後還可以借電腦的幫助，拷貝出另一個——不，另外兩個爸爸來，所以要使你媽復活過來，只有全能創造者才有辦法。」

爸爸的想法不是玄之又玄、奇之又奇嗎？我懷疑整個事件是在作夢，我只是夢裡的人！

眞人朱碧雲陪我出去。當我駕著飛艇從山區的家升空而起時，看見整個無人化的全智實驗所的廠房和設備已擴充了不少。這機器人所管理的地方，日日夜夜在忙碌些什麼，是我所不能了解的。如果它按照一定的比例擴充下去，再過不了多久，整座山區都會被吞沒佔領，難道爸爸沒有想到這一點嗎？

「再見！」在市區廣場，飛艇停下來，朱碧雲向我揮手告別。目送著她的倩影離去，我心中惘然。

我駕著飛艇繼續飛著。這變化多端的世界，在我眼中看來未免太不可思議。我幾乎是負氣離開的，我在駕駛艙中凝視著天空與大地，想像著母親慈愛的臉，想像著如果有神的話，祂應該是什麼長相，我怎樣用畫筆來描摹祂，直到我發現有一艘飛艇迎面直衝而來，我只有閉上眼，開始祈禱……

當我醒來時，身邊有個嬌柔的女人坐著，竟是朱碧雲，我伸手摸摸她的腦後接縫，知道她是個電子機器人。她拉著我的手問我：

「王達山，你知道你在哪裡嗎？」

「我……我不在飛艇裡嗎？」我說，看看周圍，有許多機器人在儀器與實驗台間忙碌地工作，氣派華麗又寬敞的地方，從牆壁與天花板透射出勻稱的光。我坐了起來，四下張望，懷疑自己在夢裡。

「你又回到全智者實驗所！」朱碧雲說。

「那麼，我作了夢？」我來不及思考這一切的眞眞幻幻，以爲自己是在飛艇失事後遇救的。

「差不多，人生如夢！」朱碧雲淺淺地笑著，顯得曖昧而神祕。「快！快！」她拉著我的手往甬道的盡頭奔跑，喊著，「全能創造者就要完成了，我們快過去看看。」

VIII

我們抵達實驗所的主控室外面，看見我的兩個爸爸和劉萬來跪在一座透明發光的圓筒前面，好像正在把他們的心靈交付給一個巨大無比的能力。我的兩個父親同時唸著：

「全能創造者，你無所不能，無所不知，我們用我們的智慧創造了你，使你凌駕萬有之上。現在請你展示你的能力，把我們死去三十年的妻子從死亡裡復活過來；同時，我們也要求，把我們兩個電子機器人的身體變爲一個與眞人無異的純血肉身體，如果成功的話，我們的兒子王達山，他也需要一副純血肉的身體。」

我如被電擊中似地站立不穩。難道我是在飛艇失事之後，由全智實驗所裡拷貝出來的電子機器人？所有我身體的一切全是人造的假貨？我驚惶地望著朱碧雲，她仍然含蓄地笑著，一切盡在不言中，而我的疑問有如一條蛇在心間盤旋著，我不斷觸摸自己的身體，捏弄自己的手和腿，我不能相信這一切……

等待的時刻像有一個世紀一般長久，主電腦不斷地打出字幕，也出現聲音，是一些零零亂亂的專門術語，主控室裡沒有絲毫動靜，我的兩個爸爸最後哭了起來。

「失敗了！失敗了！」他們嚷著，彼此互相擁抱的一剎那，突然一聲巨響，主電腦爆炸了，整個主控室儀器橫飛，烏煙瘴氣，當然，連那個劉萬來設計師也血肉模糊了。

在濃煙升騰與火光烈焰中，我似乎看見全能創造者的臉隱約浮現，正以悲憫無奈的神情注視著這幕戲劇。

兩個月後，我的一幅畫《不可名狀》，得到星際最佳美術獎。我的機器人太太朱碧雲陪我到火星去領獎。

〈不可名狀的畫〉完

（發表於一九八六年二月《中央日報》海外航空版）

世界的邊緣

在海拔六千二百多公尺的喜馬拉雅山山區探險的旅途中，我們一行九人面對著雄偉遼闊積雪的高山默默行進。天空湛藍，了無塵染，越往上爬，只要仰頭稍微注視，恍惚覺得自己就要掉落那不可測的藍色深潭，於是，想像著自己的身體正飄落向天境，而心境也跟著清澈明朗起來，隨著高度的增加，這種奇妙的感覺越來越強烈，自己好像越來越渺小，融入了天地之中，顯得空虛明淨。

皚皚茫茫的雪山裡，人類的活動看起來只是幾個小小的移動黑點，是那樣微不足道又細小無助，我們卻靠鋼鐵一般堅強的意志支撐著自己，向大自然挑戰，和一般的探險隊伍不同的是，我們並不是以登山探險活動爲目的，而是聽說雪人最近又連續出現，被許多人所撞見，也有村莊受到擾亂，雖然是偶然一瞥，卻留下了腳印，被人所拍攝到，也不能全然說是捕風捉影的無稽之談。

由美國人湯姆生所組織的六人探險隊，除了四個美國人是登山健將，另外就是旅美華人的張方同，兩眉中間有一顆朱紅的痣，充滿了靈氣的一個人，他比我還要年輕，對藏語和西藏歷史有研究專長，連同我這個留美研究生物學的台灣人，是抱了最大的好奇心來搜尋傳說中的雪人的祕密。另外的三人是屬於尼泊爾的部族夏爾巴人馬哈、米眞和帕譚巴。他們的外表很有夏爾巴人的特色：漂亮俊美，臉部輪廓分明、高鼻梁、深眼窩，以及棕黑的膚色，馬哈比較嚴肅，不苟言笑，米眞和帕譚巴則比較爽朗隨和親切，他們雖然不是登山家，但對世界屋脊地區非常熟悉，體力也夠充沛，我們就僱用他們來擔任挑伕和嚮導，兩個在隊伍前面，一個在後面。夏爾巴人是居住在喜馬拉雅山南麓的部族，他們自認是四川康巴地區的藏族，在元朝時被蒙古人趕到此地定居的，他們沒有自己的文字，只有難懂的方言。

那是我們發現雪人腳印的第一天，天氣晴朗，澄藍天幕和亮白晶瑩的雪地相互輝映，雪人的足跡清晰地印在雪地上，量起來有三十公分長，二十公分寬，整個形狀是橢圓的，靠內側有一根明顯突出的大腳趾痕跡，那些較小的足趾是擠在一起的，足板寬大而平坦，類似於人類的腳印，它就一直延伸迤邐到另一座高山山麓，被山上傾瀉的積雪所覆蓋而消失。我站在最後一個腳印旁邊發呆，正要抬頭往上望，才剛瞥見聖母峰迷離的容顏，突然在山邊傳來一陣震動，我警覺地移開身子，可怕的冰瀑便嘩啦嘩啦傾流而下，我在不知不覺中躲過了死神的魔掌，不禁捏了一把冷汗。

滿臉鬍鬚的羅德把冰斧和雪靴放在旁邊，作爲與實物的比較，拍了照片，他也是一個有經驗的攝影師，但是對於神祕的雪人，也僅止於從蒐集得來的資料去了解罷了。他的驚奇駭異和著幾分期待中的滿足寫在臉上，我卻感受到一層深深的不安籠罩下來，就像天際一角逐漸加多增濃而轉黑的雲。我把自己的護目鏡推開，在陽光下仔細端詳著那些巨大的腳印，想像著那頭巨大的人形動物在冰天雪地中孤傲行走的模樣，那樣逍遙自在，無拘無束，甚至在暴風雪中也能無畏地來去自如，也可以說，雪人是一種遠離人間塵垢，在世界邊緣中存活著的神祕生物。

「耶替！耶替！」三個夏爾巴族人不約而同地叫著，顯得很興奮。「耶替」就是雪人。

對於追捕雪人，多年來一直是夏爾巴人的消遣。也難怪有些協助喜馬拉雅山探險隊的的夏爾巴人被封爲「雪中之虎」。他們一直是喜歡談論雪人的。而其中一位是帕譚巴，他坦承是因爲仰慕另一位同名的族人登山家而改的名，那位眞正的帕譚巴曾經在一九七五和一九七九年跟著西德的登山家葛哈德・舒瑪茲兩次登上聖母峰的峰頂——征服了世界女神。聖母峰形如金字塔，終年銀裝素裹，峰頂不時飄著朦朧的雲帶，有如蒙著那被稱爲旗雲的神祕面紗，是奪走眾多生命也帶來征服的喜悅和榮耀的山。

「會不會是熊的腳印？」年輕的登山家巴頓問。

「不會的，」湯姆生的藍眼睛在閃爍，以慣常的敏銳直覺做了判斷：「如果是熊的腳印沒有這樣大。」

「那麼它也有可能是人的腳印——因爲雪融了而擴大的？」我隨意猜測著。

「不是的，看起來它是新踩上去的，沒有雪融的痕跡。」湯姆生顯得很有把握的樣子。

夏爾巴人幾乎沒有半點驚恐，相反地，還因爲發現雪人的腳印而有形於色的喜悅。他們怪叫著，比手畫腳，唯恐他們從昆瓊的希拉里學校——著名的登山家，紐西蘭的艾德蒙・希拉里爵士（Edmund Hillary）所創辦的學校——學到的英語表達得不夠好，不能盡意，馬哈還從背包裡面拿出彩色照片給我們看，那是畫家根據傳說所畫的，其中有一張是一個叫保奇的僧人拿著一個被切成半圓形，還帶著黑色毛髮的連皮頭殼，有著鐵一般硬的頭皮，和棕紅色的硬毛，說是雪人的。那是我們早已知道的一部分資料，畢竟有很多東西確實是禁不起鑑定的膺品，實在看多了也見怪不怪。沿途他們不斷重複唸著「唵嘛呢叭咪吽」，單調而顯得低沉隱晦。

「要用點誠心才能找得到哩！」馬哈說。

我拍拍馬哈的肩膀，問他：「你怕不怕？」插在雪地的冰斧被他一腳踩下，一時沒入半截。

「我要是怕了，就不會跟你們來的。」馬哈彎身迅捷地把冰斧抽出來，以懷疑的眼光掃視著我們，露出兩排潔白的牙齒嘻笑著，好像在反問我們。又說：「其實雪人也不見得完全是壞的，雪人也曾有救過人的傳說，有人遇到雪崩，攀吊在懸崖邊，雪人還把登山繩拋下來，救了人就走！」帕譚巴露著詭譎的笑說：「還有耶替搶走了女人去做老婆的，耶替天生好色，有過一群牧人殺了一個耶替，因爲牠擄去一個女人，這件事情只是在民間流傳著，不能公開出來，否則犯了謀殺罪的。」

而我們此行，在隊長湯姆生身上就有一紙由尼泊爾政府簽署的許可令：發現雪人，聽任處置，不論死活。

雪人的影子終於逐漸逼進我們的心門，牠已經不再是想像中的怪物，對於我卻格外增添了幾分恐懼。傳說中的雪人被夏爾巴人歸類成三種樣子，一種是巨大的朱奇雪人，與西藏的藍熊相似，平常四足著地，站起來有兩公尺三十公分以上的高度，以捕獵牛隻爲食；一種是全身長著紅毛或金毛的的小型動物，以後腳走路，兩隻長臂就跟著搖晃擺動，牠們可能是尋找回家之路的阿薩姆長臂猿；第三種叫米赫奇的雪人，才是眞正的雪人，牠的臉上和腹部長著長長的紅毛，體型類似猩猩，大小和人類相近，見人就攻擊，傳說是一種食人的凶猛動物，在寺廟的壁畫和卷軸畫中，就畫了這種類似人猿的動物，也有理論說牠是「北京人」的直系後裔。

斷斷續續，盲無目的地搜尋，毫無所獲。中午時分，已經開始飄雪，再走一個小時，風雪更大。由於羅德和我不約而同出現了輕微的高山症，噁心、眩暈、頭痛、呼吸急促等等不適，必須謹愼防範，避免惡化，羅德的塊頭不小，年紀最輕，只有二十五歲，在平地的健康和體力都是一等一的，但在登山探險中，這些都不是防止高山症的必然條件。下午風雪加大，我們只好停止往上爬，回到比較低的地方紮營，也希望我們的症狀能夠減輕。高山症是一種身體無法適應高度的症狀，若是處理不當可能有致命之虞。

暴風雪來襲，情況出奇地糟，我們一行九個人，就分別躲在三個帳篷裡，我和羅德、張方同住在一起。圓頂的尼龍帳篷，它的基底深入地面三十公分，爲了防護暴風的襲擊，還用積雪在帳篷的四周堆築了半人高和五十公分厚的牆，十二個落地樁牢牢地固定在地上，有如雷鳴般的風吼，把帳篷的尼龍布吹得顫抖不已。行家都知道，任何高山症都不是藥物所能解決的，唯一的治療辦法是趕快讓病人脫離高度。但在我的腦海裡——大概跟每個人一樣，懷有一層隱約的恐懼：這一次，也許我們會死。所有的登山行家，都明白一個道理，並不是技術好、準備充分、體力足夠，就可以倖免於難，一個職業的登山家如果一生之中都花在登山上面，他等於是不斷地在向死神挑戰，那麼他死在山上的機會大概有一半，就像中國俗話所說的：「上得山多終遇虎」。實際上，在尼泊爾登山，要遇上老虎是比遇上死神還要容易的，一本《老虎當早餐》（*Tiger for Breakfast*）的書，寫的就是現代尼泊爾觀光業之父──烏克蘭人波里斯富於傳奇色彩的故事。

寒冷使我們昏昏欲睡，我們只有躲在帳篷的睡袋裡面坐著或躺著聊天，張方同常常在做他的禪定和唸咒祈禱的功課，也不時給我們打氣安慰，他兩眉之間一顆朱紅的痣，特別引起我的好奇，使我想起了慈眉善目的菩薩，在每一次與張方同目光的碰觸中，我有一種形容不出的奇異感覺，他眉間的痣，也使我想起我那未曾謀面卻已亡故多年的親娘，從她的遺照中，給我的印象是面貌秀麗，如波的雙眸微帶幽怨，兩眉之間也有一顆引人注目的痣。夏爾巴人不時爲我們送來了他們做的熱滾滾的奶茶，那是西藏茶，加了鹽和犛牛奶油攪拌的，那種油脂有一股難聞的臭味，卻是夏爾巴人難得的風味，沒有嚐過它，就不算來過世界屋脊。

天地飄搖中，感受到一陣陣隱約的不安，因爲我只有在台灣登雪山、奇萊山、玉山和大大小小的山的幾十次經驗，那種高度，與世界屋脊一比，簡直是小兒科。在這裡死神隨時在窺視著，只有更加警醒保持堅定的鬥志和毅力。張方同對於印度教和西藏的佛教密宗都有研究心得，他所修持的是西藏密宗瑜伽氣功，屬於寧瑪派祕傳的「大圓滿」，他也有許多神祕的體驗，實際上，這兩種宗教在尼泊爾是交織混合一體，難以區分的。在他過去的登山活動經驗中，也有過幾次像我遇到同樣的症狀，而我現在卻爲自己身體的不爭氣而覺得丟臉。畢竟喜馬拉雅山不是那麼好惹的。張方同娓娓而談自己一些出神的遭遇，他正在加州大學柏克萊校區旁的寧瑪佛學院修碩士學位，他文靜而顯得瘦弱的外表具備某些特異的氣質，平常可以藉著腦海產生的幻象，約略預知到即將發生的事，甚至對於自己的前生了然於心，他說這次探險是他老早在睡夢中所預見的，往後還會有奇怪的事情發生。在他如黑色深潭一般的眸光裡，我看到了令我敬畏與迷惘的智慧。我也懷疑，是否自己也漸漸地進入了攀登喜馬拉雅山者所可能經歷到的遊離飄浮、脫離凡塵的感受。

「你看我到底有什麼不對勁呢？」我問他。

「我只能約略地看到，你的心裡有一團火，燃燒得好厲害，還好你到了冰窖，否則你會燒死自己。你很想念你的母親嗎？」

我激動得說不出話來，他差不多看穿了我，難道我的身體已經結了冰，和冰塊一般透明？我把帳篷的拉鏈拉開，朝外探視，遠方視線所及，白茫茫一片，無數的尖峰和冰雪溶蝕的山脊，在寧靜莊嚴中矗立著。隊長湯姆生曾經對我們指出那是聖母峰、普莫里、洛子峰和西藏各山峰等等，此刻，卻像是遙不可及的天堂城堡，坐落在夢的國度裡，永遠銀裝素裹，晶亮奪目，莊嚴又神祕。

「今生一切的煩惱和不幸都是前生的業呀！看開點吧，諸行無常，諸行皆苦，仇恨不能化解仇恨的！」

也許是張方同看得出我心事重重，有著難以告人的隱痛，也許是處在生死邊緣中，人的心靈會脆弱得有如太陽下的雪，他的話已經刺痛了我心靈深處的創傷，我只好自己把傷口再一次揭開來，談起了自己加入探險隊的經過和心情：當我的「母親」去世後，我在台灣的哥哥背棄了我，出賣了我大部分的在台財產，跑到大陸去設廠做生意了。他寫信告訴我，我原是一個酒家女遺棄的嬰兒，生母名叫白雪玉，在大甲鄉下地方曾經是個風靡一時的交際花，跟很多的仕紳和大爺要好過，最後的結局是淒慘的，流落在別的城市，沒有人知道她的下落，直到她重病去世前，寫了一封信給養我的母親，還有一只送給我的紀念戒指和她的照片，還說，能不讓我知道也就罷了，感謝這些年對我的養育照顧之恩。我從小到大這麼多年，母親一直保持著祕密，不曾提起過，也許她就是不願我承受知道眞相後的痛苦，哥哥最後從母親的遺物中找到那些東西，把它們全部寄給了我，還說有很多地方上老一輩的人知道我的身世，我並不是他的親兄弟，我沒有資格來分他們家的財產。那時候，我的震驚和痛苦，差不多是五雷轟頂、肝碎腸斷才能勉強形容，彷彿生命的油燈已被打碎熄滅，漆黑無光。這麼多年與曾家相依相持，難道僅是一種虛假的幻象，我的存在竟是這樣的齷齪多餘，連一個可以讓我誠心呼喚的「母親」也被剝奪了，我的存在成為「兄弟」的累贅，成為「兄弟」的仇恨根源。愛與恨，就像天與地的黑夜與白天一樣？是什麼帶給我這般難以忍受而又啼笑皆非的命運？我的靈魂已掉落永劫不復的無底洞深淵，在地獄之火中煎熬。多少次，我在睡夢中與一條纏繞啃噛我的毒蛇奮戰不已，可怕的幻魔仇敵如影隨形，多少次，我揮著寒光閃閃的利劍，砍斷了盤踞在我脖子間的巨蛇，鮮血噴射，淋漓一身的骯髒液體，快感混合著罪惡感，卻是一幕又一幕沒完沒了的噩夢。我逼迫著自己清醒，逃離恨的心魔幻境，於是自告奮勇參加這次搜捕雪人的探險旅程，我終於置身在這個世界的邊緣，像是在摸索尋找通往天堂的路。

「你還想要追求什麼呢？」張方同問我：「你其實什麼都不缺少的！你們台灣人可真是幸福，不比我們大陸人天生命苦，你還在找什麼嗎？」

「找什麼？」我一時困惑無言以對，下意識地重複他的問話。有一股遙遠的衝動，想去了解親娘的身世，卻又被強烈的無名恐懼所壓抑了。天寒地凍，刺骨的寒風呼嘯著，有如魔鬼狂怒的喘氣，搖晃的帳篷呼呼作響，我們是這樣的孤單無助，令人想到是置身在一個環境險惡的陌生星球。

「你想在夢中見見你的親娘嗎？」張方同兩眉間朱紅的痣，像探照燈一般照著我，好像在說夢話。

「你是說，我可以在夢中看到她？我還有一個願望沒有實現，我要是能找到她的墳墓就好了！」我隨口說。

「不要想得那麼悲觀可怕吧！」他的語意曖昧神祕，又好像在開玩笑，我沒有繼續追問他的用意。

當天晚上我竟然作了一個奇怪而清晰的夢，兩個渾身都結上一層冰的女人，看起來就似兩個皓潔亮白的「雪人」，從聖母峰的冰瀑裡出現，手拉著手，走向遠處金光燦爛更爲高聳峻拔的山，我緊跟著奔跑追趕過去，不知不覺回身下望，聖母峰已在我的腳底下越變越小，幾乎不可目見，她們登上前面一座金光閃閃的階梯，我拚命追趕奔跑過去，霎時間，強烈的陽光把她們身上的雪融化了，我看見了兩張慈愛溫馨的臉容，竟是我的母親和親娘，正對著我微笑揮手，還不約而同地喊著：「阿君，我們都愛你呀！」我醒來後，猜想這是日有所思，夜有所夢吧！

□

三天過去了，風雪還未減弱，我和羅德的情況雖然已經好轉，但我們還是動彈不得，只有繼續等待，第四天早上，意外地出了太陽，在晨曦時光的睡夢中，聽到一連串可怕的驚呼，我和羅德衝出帳篷時，發現雪地上明顯的兩排巨大的腳印，從山腳下一直延伸到我們這邊的一個帳篷裡。帳篷外面的雪地，還有一灘一灘鮮紅血跡，那是三個夏爾巴人住的帳篷，我知道出事了，我和羅德困難地踩過積雪，匆匆跑過去查看，只見兩個夏爾巴人，米貞和馬哈痛苦地扭曲著臉，緊閉雙眼，顫抖著身體，各自手摸胸口的護身符，跪在一個應該是帕譚巴的睡袋前面，喃喃地禱告著，帕譚巴的身體好像縮短了，頭部就整個給登山帽蓋住，完全看不到。

「怎麼回事？」我氣喘喘地問。兩個夏爾巴人從禱告中驚醒，張開眼睛，露著恐懼的神色，茫然望著我們，彼此用夏爾巴語說了幾句什麼，個子瘦小的米眞對我們說：「耶替……來過了！可怕呀！」

馬哈幾乎哭著說：「我們眞該死，我們都睡死了！等我們發現，已經……來不及了。可憐的帕譚巴！」

羅德把覆蓋在帕譚巴頭部的一頂狐狸毛做成的帽子移開，赫然看到的是缺了腦袋的脖子露出一個血洞，身體就縮陷在睡袋裡，地面和帳篷是一灘灘已經凝固的鮮紅血跡。眞是殘忍嚇人！喜馬拉雅山的雪人，傳說中甚至可以扭斷犛牛的頭，如今我們是眞正見識到了。我卻寧願雪人是擄人妻女的惡魔，還有些許浪漫之情而無血腥之色，更別想像還會有懸崖救人的一幕，米眞說起印度錫金人的習俗，金邊人把雪人當作狩獵之神，要獵人把獵得的野獸獻祭給他，雪人才會出現，也許錫金人最近又獻了祭吧！

在驚恐與悲傷中，我們把帕譚巴的無頭屍體連同他的遺物埋葬在雪堆裡，暫時做了一個簡單的墳墓，米眞和馬哈把他們隨身攜帶的祈禱旗放在墳前，喃喃地唸著神祕的咒語，其中就有我此行常常聽到的耳熟能詳的「唵嘛呢叭咪吽」咒語。據張方同解釋，這是西藏佛教的六字眞言，常常唸它可以免入地獄，死後升入極樂世界。兩人的祈禱旗破破爛爛又陳舊，卻是他們心愛的神聖隨身物，他們全神貫注地誦唱著，祈禱旗在凍寒的風中輕曳著，隨著單調而悲涼的禱頌聲，寄託希望藉著微風傳達給大慈大悲的造物主，讓帕譚巴的靈魂早日獲得重生。夏爾巴人的信仰是以西藏的密宗爲主，和大多數的尼泊爾人一樣，揉合了印度教和佛教的神祇，他們在冥想中尋找個人和宇宙的共鳴與和諧，他們透過冥想，尋求個人和大宇宙合而爲一，甚至利用宇宙的力量。

我呆呆地站在帕譚巴的墓前，看著和其他同伴倒映在雪地上的影子，有一陣沒來由的戰慄，我竟然感到寒冷之後的渾身灼熱，好像已被推落地獄之火，在恐怖和淒慘中煎熬。那養育我差不多二十年的母親的影子，在雪光霧影中隱隱浮映在腦海，當我離開台灣的時候，她還殷殷期待著我早日還鄉，帶給她成家的喜訊，好讓她早日抱抱孫子，她總是在每個月最後一個禮拜天雜貨店打烊以後等著我從美國打來電話，總是在農曆的初一、十五不忘吃齋上香，向神佛祈福，總是有太多的叮嚀，比如：「阿君，你要懂得照顧自己呀，那些金毛的女孩子小心別惹上她，免得傳染到什麼怪病啦！」在母親去世的那天，我從鄉間開車回紐約的路上，車子突然熄火，差點出事撞上路邊樹，眼前金星亂冒之際，恍惚有個像是母親的人影在身邊呢喃，就像小時候我摔跤時母親說：「阿母幫你撫一撫，不痛不痛！」還沾了口水在我受傷的部位擦兩下。等我回到住宿的公寓，就接到姨媽從台灣打來的越洋電話，帶來了母親的喪訊。那裡知道我還會有另外一個眞正生我的母親，等我接到哥哥那封惡毒的信後，我回到台灣，我把我的疑惑告訴姨媽，她只有用無言的淚痕回答我。掀開眞實的布幔以後，我才茫然地發覺過去的生命支柱原是美麗的謊言，洞見了眞實無異逼迫著我進入人心地獄。

損失了一個挑伕，我們在挫折中靠著悲憤的力量堅強了自己。斷斷續續地在雪人出沒的地區搜尋，防身的槍械武器也隨時準備啓用。

當我和張方同爬過一座山脊，看到千叢萬縷的金黃日光映照著皚皚的雪峰，雲霧如大海的波浪在身邊洶湧翻騰，一個圓形的光體就在朦朧的霧中顯現，還藉著霧影射出一團光暈，它動也不動地掛在半山腰間，一時讓我們都驚呆了。

「幽浮！」我脫口而出。

如刀似箭的風，發出嘯嘯的吼聲，我還在驚訝地思索那個不可思議的光體，除了幽浮以外是否有其他的可能性？突如其來「嘩啦」一聲，猛覺得頭重腳輕，一陣天旋地轉，我一腳踩空，身體失去了平衡，整個人已朝著崖下茫茫的雪堆掉落，這瀕臨死亡，電光火石般的一剎那，我的意識掙扎閃出了一個最後的意念：「完了，我就要死了！我竟然還來不及找到自己親娘的墳墓，就這樣離開人世。」我聽到頭頂上空冰崩的轟轟聲，大量的冰瀑灑落到我身上，意識到自己的軀體大部分被蓋住了，我陷入恐怖的漆黑中，有如突然斷電的螢幕，不知經過多少時候，有一陣徐徐飄浮的輕快感覺，那是一種前所未有的安詳寧和與快慰，一種極大的解脫與鬆弛，沒有絲毫的恐懼和痛苦存在，一幅一幅超速捲過的畫面，閃映出我一生所經歷的事蹟，讓我做了一次生命歷史的回顧。我發現自己就置身在黑暗的隧道裡，驀然，一個發光體出現在前面出口，我朝著發光的地方飄去，光體漸漸近了，白色的飄浮的人影就在隧道口迎接著我，我認出了那是養育我長大的母親，我上前擁抱了母親，卻被她一把推開了。「阿君，你回去吧！記住你有兩個母親的，不要恨她！」母親的聲音似遙遠的呼喚，又似近在耳邊的呢喃。

我突然發現自己成了脫離軀體的另一種存在，難以言喻的空幻，如羽毛一般地輕盈，我在自己的軀體上空自由自在地觀看著，那個掉落冰川雪堆的軀體臉朝下，背朝上，雙手攤開，一隻右腳扭曲露出外面，另一隻掩蓋在冰雪裡。在懸崖上的張方同正在焦急地左顧右盼，向其他的隊友揮手喊叫：

「快點，大家來救人呀！曾台君掉下去了！」

我毫無感覺地望著自己的軀體，那似乎已經凍成了冰棒一樣僵硬的人體，正躺在隊友們所無法及時趕到救援的懸崖下方的雪堆裡。又是一陣稀里嘩啦，頂上的冰瀑似海浪傾瀉而下，把整個身子全部掩埋在雪裡，消失不見，眼看著可怕的災變發生，我卻沒有絲毫的驚恐和不安。靈體繼續輕快地飄著，原先摔跌之前我所見到的奇異景象，成了一幅迷人的畫面：雲霧朦朧中，西方天際太陽的燦爛光芒和山腰間的另一個發光體，彷彿印象中的天堂美境，是那樣奇妙如幻如夢的世界。我看見遙遠的另一邊山崖上，隊長湯姆生矯捷的影子，正在和兩個夏爾巴人講話，朝著下面指指點點，告訴他們我跌落的方向和位置。

另外幾個隊友，似乎被山腰間奇異的光體景象驚得愣住了，在緊張中還不時朝對面注視。

「那不是幽浮，只是太陽光照在冰層上的投影！」湯姆生氣喘吁吁，似乎極力保持鎮定，他揮動著冰斧嘶聲喊道：「快救人要緊，天呀，那麼深我們怎麼下得去？」有如海浪般的雲霧在迅速散開，皓潔無瑕的雪地上，另一個顫抖的人影和聲音是羅德的：

「趕快打無線電，叫他們派直升機來！」

舒適暢快地在上空飄浮著，那樣無拘無束，自由自在，感覺到心境清明，了無塵染，意識到自己的靈魂正邁向死亡旅途中的極樂，也意識到那位名聞世界的義大利登山家梅斯納說過的，在他攀登超過八千公尺高山的遭遇中，有過許多次神奇的幻覺經驗，有一次他看到了一個有如佛教密宗「曼陀羅」的圓形圖案，那兒有許多是他一生中所經歷事跡的每幅畫面，甚至他看到身體的每一個部分，感情和靈魂，非常玄妙而難以形容的幻視感覺。現在我在飄浮的幻象中，卻看到了一個瘦骨嶙峋的男子，他有五張臉、四條手臂，喉嚨是深藍色的，手裡分別拿著三叉戟、劍和弓，頭上戴著鐵餅似的帽子，一瞬間，我意會到那是在加德滿都谷地神廟中所看到的濕婆神祇的樣子，也聽到張方同所曾介紹過的：濕婆既是仁慈的宇宙創造者，也是可怕的毀滅者，是愛，也是恨的泉源，兼具了兩種矛盾性格的神祇。現在我看到濕婆幻身成爲一個如猩猩般的龐然巨物，有如雪地惡魔耶替一般的樣子，投身在雪地中，以矯健的腳步在銀色的世界中行走，挖開雪堆，把我的軀體抱起來。

記憶中許多片斷的風景，快速地閃掠而過，時而停格在幾處連貫的畫面：小時候哥把我帶到一座荒僻的山裡，然後和同伴溜之大吉，我沒命似地在山中哭喊，直到聲嘶喉啞，筋疲力盡了，我靠在大樹邊休息時，哥哥和同伴才像鬼影般地從樹幹後面現身，大家哈哈大笑，我卻一逕捂著臉在哭。一個我所熟悉女人影子，那養育我長大的母親，又在金光閃閃一片暈泛中，綻放著慈悲的微笑，眼光落得遠遠的，以無限憐憫、溫婉柔和的聲調說著：

「可憐的孩子，小時候你的哥哥只是喜歡惡作劇而已，他不是故意欺負你的，小時候他始終不知道你不是他的親弟弟。」

在母親溫柔的撫慰裡，我得到了前所未有的滿足，我想依附著母親，回到母親的懷抱中，於是使勁讓自己的靈體飛躍而去。

「回去！回去！台君啊，你不要跟著來，別忘了，你的親娘不是存心遺棄你的，你千萬不要恨她呀！你回去吧！」母親的話語投射在我靈魂深處，激起了洶湧的浪濤：我無法接受自己有兩個母親的事實，無法面對哥哥所加諸於我的一切痛苦，無法去尋找一個未曾謀面，只有血脈，不曾連心的母親，無法穿透難以突破的迷障。

渾渾噩噩飛躍過去，想要擁抱住我這一生依戀的母親，不讓她走時，母親倏地化成了一道炫目的光芒消失不見。雪地皚皚，一片晶瑩亮麗，這裡大約就是我夢寐以求的天境世界。驚疑間，我的靈體快速地飛馳，急如星火般地回到了自己的身體裡，我開始感到肩胛和胸部摔傷的痛楚，身體四肢卻動彈不得，想要喊叫卻無能爲力。不知經過多少時候，恍恍惚惚間，我的身體好像被一雙強而有力的手臂舉起，我感受到那多毛而溫暖的軀體在移動，我的身體、四肢隨之顫動搖晃，剛才玄妙的飄遊之感已然消失，隨之而來的是寒冷恐懼，和被拉扯壓擠的痛苦。

「耶替！耶替！耶替抱著那個台灣人。」夏爾巴人的嚷叫從遙遠的地方傳來，在我的腦海裡還起了迴響，我大概了解到底怎麼回事了。

思緒混亂中，聽到七嘴八舌地喊叫著：

「小心！張方同，別靠太近！」

「張方同到底要幹什麼呀？他好像一點也不怕。」

「天呀！他在追耶替，我們快跟著牠！」

迷迷糊糊地聞到一股帶著熱氣的腥臭味，一陣陣哈到我的臉頰上，我從眼縫裡撐開了視線，驚見到一張如猩猩般猙獰的面孔就在我上方近處，目光如火炬，卻充滿了冷酷肅殺之氣，毛茸茸的獸臉散落著粉白的雪末。我知道我已經落入雪人的掌握，我想起那個被雪人扭斷頭的夏爾巴人的可怖景象，不由得劇烈地發抖抽搐著，拚命地扭動掙扎，喊叫「救命」。不知經過多少時候，我在一陣劇烈的拉扯摔撞中失去了知覺。猛地，我又投身在時光隧道一樣的光景裡，又是一次短暫的離體經驗，幻見一個白雪一樣的人影在隧道的出口，不知怎麼地，我就是知道——那是我另一個母親，我的親娘，我感到不可遏抑的狂喜，狂喜，狂喜……再想去追蹤，那個白雪似的人影已消失在隧道盡頭的光暈中。

我被救回帳篷裡，神智漸漸清醒，張開雙眼，周圍的人臉是模糊朦朧的，我對剛才經歷的過程大多是茫然無知的，和剛才自己覺得自由自在飄浮的奇異幻境一比，彷彿我已從天堂掉到地獄裡去，我不斷地顫抖著，聽見自己無力地從牙縫裡呼出了呻吟：

「冷死了！冷死了！」

視線所及，在我躺著的睡袋近處，圍了一大堆的人，滿臉鬍鬚的湯姆生擦亮打火機，紅色的火焰燃燒起來，把爐火點燃了，我意會到自己可能身體失溫太久，他們正試圖搶救我，否則嚴寒將會奪去我的老命。我感到些微的溫暖，漸漸地，渾身燥熱起來，整個體腔內臟有如烈火在燒，昏暈中，掙扎著試圖掀開我的睡袋，卻被幾隻強力的手按壓住。

「台君，現在你不能亂動，你受了嚴重的凍傷和骨折，你已經到了體溫的谷底，才會燥熱，忍一忍，等待直升機來救你。」

「到底誰救了你，你知道嗎？」湯姆生指指旁邊的睡袋，歪著脖子瞥見我旁邊還有另一個睡袋，一張額頭染著鮮紅血跡的臉，口鼻間罩著氧氣罩，是張方同，他不停地咳嗽喘息著，卻掙扎著把氧氣罩拿開，以嘶聲變啞的嗓音，說著中國話，含糊曖昧的語音中，奇怪地帶著無法理解的抽噎，有如女人傷心的啜泣：「是雪人救了你……牠沒有殺死你，放走了你……就像濕婆神一樣，祂可以創造，也可以毀滅……曾台君，你知道嗎？其實是你的親娘救了你，她始終與你同在的……」不料，這些囈語似的話，卻成了他的臨終遺言，他自己因爲救我，嚴重凍傷，也許因體質較差的關係而遭遇不測。

□

雪人沒有再出現了。傳說不管是浪漫或血腥的，都永遠沒有間斷過；以後的幾年裡，我們曾經兩度回到喜馬拉雅山尋找雪人的蹤跡，都沒有什麼發現。面對雄偉高峻遼闊的世界屋脊，我不再感到畏懼，也許正如專家所說，登山者在面臨死亡的邊緣，腦部會分泌某種物質，可以驅除恐懼，減低痛苦，使人把每一種人間事物看得透澈清明，甚至領悟了宇宙人生的奧祕和眞理，這就是登山者所感受到的大自然的魅力。

也許雪人的存在永遠是人間的謎，是世界邊緣的謎。雪人似慈悲善良的神祇，也似殘暴冷酷的惡魔，心意不可捉摸，行蹤神祕難以被窺見，唯一的證據只是在我們攝影的照片裡，留下偶然一瞥如巨熊般的黑色模糊掠影，和那難以取信於人的巨大足跡，還有在我心靈深處永難磨滅的一串經歷，有血腥殘暴的一面，也有仁慈溫婉的一面。

張方同臨死前所說的話，也始終是個謎，一直到我回到台灣，千方百計不斷地追尋，在台南山區的一處亂葬崗裡，找到了生母的墳墓，從上面刻記的去世的日期，聯想到張方同的骨灰罈上面的出生日期，兩者好像是一樣的。天呀，等我查證有關資料無誤後，忍不住驚駭得顫抖起來，我想到了生母照片上兩眉之間的痣，和張方同的神似，想到和他相處期間所發生的一切事情。

於是，我每次對著蔚藍的天幕仰望，默默注視，便會假想自己漸漸要墜落天空深處；於是，我不知不覺地回想那一次在心靈與肉體邊緣幻遊的經歷，那一次飄浮在喜馬拉雅山仙境的淒美迷人之旅。

〈世界的邊緣〉完

〈世界的邊緣〉題旨說明

藉著一次世界屋脊尋找雪人的旅行，在「世界的邊緣」——心靈與肉體的邊緣的一次飄浮，探索人生與宇宙的意義，剖析自我的矛盾：兩個母親，一個迷障。文中的「我」是學生物的，象徵肉體，另一個中國人張方同則象徵靈性。

雪人的性格與印度教的濕婆神一樣地不可捉摸，可以是愛，也可以是恨，尋找雪人也象徵尋找「人生之謎」的解答——卻是生死無常、變化莫測的另一個迷障；而文中我的生母名叫「白雪玉」，又是另一種影射。本文企圖營造一個超俗神祕而具有哲學美感的境界。關於人經歷死亡時，靈體飄浮的經驗，近年在各種文獻報告已屢見不鮮，現象大同小異，都是看到光和隧道，非常的寧靜欣快和喜悅，沒有任何恐懼。在醫學上也曾經對臨死病人做過大規模的觀察，大多數的病人似乎都準備好平靜地接受死亡，而不願被人「打擾」。十九世紀蘇格蘭的傳教士李文斯頓（Daivd livingston, 1813-1873）曾經被一隻獅子抓住，塞進獅嘴裡吞到胸腔，朋友及時開槍救了他，他很驚訝地發現自己在死亡邊緣毫無痛楚，特別感到寧靜和安詳，他提出了理論，所有的生物都有一種保護性的「死亡開關」，好讓生物在朦朧寧靜的狀態中死去。而前往聖母峰的探險者，遭遇到游離飄忽，想要脫離凡塵的衝動，也是親身經歷者的感受。本文所述各項情節均有所本。

萬眾諸神

科技的發展與人類無止境的好奇心，使人類不斷地往太空探索，並試圖綠化其他星球。這是人類在銀河系中建立的第N個基地，在人類離開之後，成了無人的自動化大工廠，將作爲人類未來的太空殖民地。

百萬年來，機器人不斷地開墾建設，星球上最偉大的工程天梯——終於由人類遺留在這兒的自動化工人建造完成。

這是個神祕美麗而奇怪的星月交輝的夜晚，天梯底下的大平原聚集了來自四面八方無數的機器人，密密麻麻有如億萬螞蟻雄兵，每個機器人仰望蒼天，似有無限敬畏之情。

巨大宏偉粗壯的杆狀建築——外觀是通天塔，一柱擎天，也可以說是一座巧奪天工的天梯，筆直的聳立在綠草如茵，一望無際的大平原裡，非常勇猛地指向無止境的天空，當第二顆太陽落入地平線後，暮色蒼茫裡，五彩的雲光霞影佔據整個天際，三顆小小的月亮如發光的眼珠注視著天梯，大地和山巒如夢如幻。

如夢如幻，一點不錯，按照遠古時代從天空來到的神仙的說法，這是一個世外桃源，只有經過特別修行過的人才有資格住的地方，這樣的優雅安詳，美麗芬芳，是童話裡才找得到的世界。然而，現在卻居住著無數的機器人，身體有大有小，也分有男女不同的樣式，聽說是仿照古地球的人類樣式所造。

通天塔的頂端，就是天梯的出口，在它建造完成的此刻，更是引起整個星球的大騷動。傳說那是通往天外的太空出口，從來沒有人去過的遙遠深邃星海，每當星球的夜晚來臨時，住在這兒的無數機器異類仰望著蒼穹，更加引發無限的遐思。

三顆大大小小的月亮出現在夜空，如詩如畫排列著，有如銀鏡，向著大地山川和海洋輝映，拋出嫵媚的銀輝，當其中一顆最大的月亮剛好移動到通天塔的頂端，發亮的金屬人萬眾群集，呼叫著：

「創造者！創造者！我們感謝你，創造星星、草原、大地和所有的機器人……」亞當對著天梯的頂端叫著。

「創造者！請你下來接引我們吧！我們等待你呀！」夏娃也跟著呼喊。

「等待你再來哦！創造者！」廣大無邊的平原裡，一呼萬諾。密密麻麻的機器人，何止成千上萬，簡直有如恆河沙數，有如天上的星星般眾多，簡直難以計數的機器人物種，成行成列地站立著，發出的聲音像巨大的瀑布般澎湃著、迴蕩著，幾乎震動了天上無數星星。

傳說在三顆小月亮和四顆遙遠星球環成一圈，拱住天梯的日子，創造者便會從天梯的頂端降落凡塵。現在所看到的天象奇景，正是「五星連珠」奇景，還差了兩星……

此刻他們興奮地等待著，等待著。

「夏娃，」亞當叫著：「就是今晚嗎？」

「七星連珠，圍繞天梯才有可能啦！」夏娃說，她的雙眼是天生的望遠鏡，能夠看到很遠的太空景觀，就像地球上從前的哈伯望遠鏡，她的機器人心靈有著永遠的盼望。

「還要等多久，才看得到七星連珠奇景？」

夏娃像地球女人的模樣，是一部最善於記錄天文、地理的機器，也是歷史學者，是從機器人進化爲智慧機器。

這是一個奇蹟的夜晚喔，機器人物種們只是等待，毫無自覺地等待了解自己的過去，並探索不了解的未來……

□

百萬年前，地球上先進的探險隊移民來到此地，當時整個星球還是一片毫無生機的荒漠，人類繼續往外太空拓展綠化計畫，留下許多重要的裝備，包括農業開墾用具、電腦與機器人等等，按照預設的目標進行星球改造工作。

這裡雖然沒有一個眞正的人類，整個星球儼然是個充滿活力的大工廠。綠化改造的工作沒有一刻停止過。

留在這裡擔任領導和指揮的機器人，都是精明幹練有爲的，就算機器人壞了，也有其他機器人可以代爲修理，他們都經過地球人特別設計和安排，能在殖民地的險惡環境中生存。他們自上而下分成各種等級的機器人，組織劃分得單純明白，完全根據工作需要而配置，有如地球上的螞蟻社會，最終目的是把整個星球建設成爲充滿綠色生機的世界，適合人類和各種生物移民來此居住。

就這樣，這個星球的歷史，一直是所有機器人所不了解的，機器人本來就沒有任何想法和自覺，他們只是爲了工作而工作，只是爲了工作而存在著。

自動化的星球改造工作，由電腦和機器人在無人星球展開，一個世紀又一個世紀過去了，整個星球終於充滿了綠色生機。

如今舉目所及，無論天空、陸地和海洋，處處可見各式各樣的交通工具繁忙活動著，數不清的機器人藉著空中的飛行器、陸上的車輛，以及海上的各種船隻成爲交通工具，並在其間勤奮工作。

機器人不斷地自我複製，正如天梯廣播系統所一再宣稱的：「我們按照我們的形象造人。」機器人可以像細菌或細胞分裂一般地快速製造自己，這是相當有效率的繁殖方式，機器人不斷的製造機器人，增加工作夥伴，建立起星球上的機器社會。

漸漸地，星球上充塞了數以萬億計的機器人，也增加了生產力，大地山巒出現了綠色植物，藍色海洋也逐漸擴大範圍，白色浪濤澎湃不已，生物開始在海洋裡孳生，再在陸地繁殖。只有配備良好的機器人，才有機會進入海裡觀察探測一番。

「大家加油──努力──再努力唷！」天梯之頂，雲天之外，傳來音樂般的語音，像是一首偉大交響樂宣示。

過了很多世紀，屬於高級智慧機器人中的兩個，有一天，他們像是得到了啓示，手牽手、肩並肩，相偕走到通天樓之底，進入天梯的底座，不知不覺坐上了電梯，直上天梯之頂，發現了新天地，這裡已是無地心引力的無重量世界。

星球大氣之外的太空邊疆，他們觀看天梯洞口之外，竟是滿布著燦爛星星，比他們在地面上所看的更要絢麗。

他們的雙手碰觸到天梯頂上的牆壁某處，正好觸動了超級電腦的觸覺機制，突然蛇焰似的閃光從滿布星星的天梯頂上直竄而下，貫穿了他們的身體，兩個機器人有如在光海裡接受洗禮，全身沐浴在奇異的能量之下。

超級電腦的發聲器從牆壁裡傳來一陣子咕咕嚕嚕聲，滿有威嚴：

「時候到了，它們已經在不知不覺中進化，產生了意識；我們按照地球古老經典的習慣加以命名吧！」

一副透明的雷射光人形體，從遠古地球景觀裡冒出，張開雙手，指著手牽手的其中一個機器人的額頭，宏亮的聲音傳出：

「你是亞當！」

受震撼的亞當機器人，睜大了靈敏感應的眼。

「妳是夏娃！」

夏娃機器人也激動地搖擺著。

彩色的光蛇盤旋捲繞在智慧型機器人身上，他們雙手舉天，身體顫動不已，瞬間彷彿開了竅，這應該是無數世紀以來不斷地自我學習、更新智慧，加速成長進化的結果，機器人竟然在瞬間頓悟，產生了自覺意識，他們成了有思想和意識的機器人。

兩個智慧機器物種——亞當和夏娃，很快地成了此地最資深的領導者，思想也漸漸成熟，而能彼此交流。

也許負責指揮機器人的工作太繁複龐雜了，所耗費的思維能量越來越大，思考面越來越廣，頭腦越用越靈光，有一天亞當和夏娃坐在幽靜的湖邊樹下聊天時，突然又受了一次電擊般的震盪，腦際閃現不可思議的靈光，引發了深沉的疑問，有如星火疾旋……

「我們是誰？我們到底怎麼來到這裡的？」亞當問。

「是呀，我們爲什麼會在這裡活動？」夏娃也在問。

「我們這樣工作有什麼意義嗎？」亞當又發現新問題。

「我們不斷地在創造新的機器人，那麼……到底又是誰創造了我們？是誰創造了我們？」

一個問題接一個問題，一遍又一遍重複思索。亞當和夏娃的密集討論毫無結果，他們本來純潔不染，毫無思慮困擾，如今開始產生重重煩惱，每次一想到難解的問題就茫然不安。

□

「七星連珠，環繞天梯，創造者將會來到！」這就是星球上所一致認定的百萬年傳說，此刻聚集的無數機器人再度騷動起來。

痴痴等待幾百年後，所謂的七星連珠一直沒有出現，頂多每隔兩千年會有一次五星連珠現象出現。

然後，就是今晚，將近萬年才有的六星連珠奇景，就在天梯之頂，穹蒼之上，三顆亮星和星球上的三顆小月亮排列成壯觀美麗珍珠天環，環繞著天梯發光。

這是六星連珠的奇異夜晚，三千年一次的奇景。

亞當與夏娃兩位機器人智者再度相偕走入那座高聳入雲的天梯，尋找疑問的解答。天梯原是最早的人類殖民者留下的建築計畫之一，由無數的機器人按圖施工完成的，它不只是奇偉壯觀的通天建築物，也是從天梯之頂發射太空船的奇妙設施，地球上百萬年前偉大的科幻作家克拉克就寫過〈天堂之泉〉，描述這樣宏大壯觀的建築。

從前機器人每天都要向天梯總部報告工作的情況，機器人原來只是接受命令，依計畫行事，卻從來不知道發問，更不知要向誰發問。

終於，亞當和夏娃就向裡面的超級大電腦提出了他們一再思考的一連串終極問題：我們是誰？我們到底怎麼來？到哪裡去？創造者在哪裡？七星連珠眞會出現？創造者眞會來接引？

「我也同樣在問這樣的問題，這是個永恆的問題。」超級大電腦說：「不過你們可以再等待一萬年，到時候就會出現七星連珠的情景，到時候，將會有一個——也許是一群，眞正偉大的創造者來到這個世界，解決你們思考的問題，滿足你們的好奇心！」

□

一萬年，只是一百世紀而已哩！時間對機器人來說，只是永恆的一瞬。亞當和夏娃爲了充實更多的智慧，探索最終的存在意義，就更加努力使機器人繁衍增殖，卻促使更多的機器人產生了意識和智慧。

星球上任何機器人身上的零件一旦有了損壞，就可以在大製造廠裡取得零件，加以更換，眾多機器人逐漸變成爲永生不死的智者，他們的智慧不斷地以驚人的速度累積成長，再加上自我改進，製造更多的探測工具，了解宇宙和他們存在的意義。

「我們現在是神啦！」亞當從電腦收藏的古代經典裡找到了神的意義，大聲地肯定自己。

「神是什麼東西嘛？」夏娃問。

「神可以永生不死，我們都是神！」亞當說。

這個星球裡的神──智慧的機器人，以億萬個爲單位在增加成長，眾神的困惑依然不曾消滅，眾神不斷地發問：

「我們在這個星球工作到底有什麼意義？」一遍又一遍向蒼天，向天梯發出心靈裡至深的疑惑。

一萬年，對於有思想意識的機器人卻是漫長的等待煎熬；雖然他們都是神。

超級大電腦也試著回答：「這裡就是最美麗純淨的樂園！你們的存在的意義是為了綠化星球，綠化銀河系，等待真正的創造者降臨。」

天梯頂上發出的聲音依然宏亮清脆，卻缺少了說服力，因為所有的智者經過天文計算，要「七星連珠，環繞天梯」，是永遠不可能的事，就算再過千萬年也不會有。

「我們被騙了！」亞當說，他始終是激進勇猛的，他大聲號召所有追隨他的部眾：「我們要佔領天梯，從天梯搭太空船飛出去！」

「我不相信，我們還要等待！」夏娃說，她一向是寬容的溫和派，「創造者不會遺棄我們的。」

更多的機器人產生自覺，他們成了眾神，卻也引發了各種煩惱，亞當和夏娃兩派產生了糾葛和爭端，形成了鷹派與鴿派相互對立，各自為王，雙方為了爭奪資源，擁兵自重，各自領導的機器人部隊爆發大規模的戰爭。

□

諸神之戰，慘烈無比，整個星球世界變得醜陋古怪，遭遇粉身碎骨的神，很快地又被組裝成機器人模樣，恢復外形，再從超級電腦的心智檔案裡下載了原先的心智，又成了神，在這兒，毀滅只是暫時的形體消散而已。

億萬機器人雖然都是永生不死的神，延綿不斷永無終止的烽火災難、鬥爭廝殺，卻讓眾神處在無盡煩惱的深淵和水深火熱之中，他們為了領土和意識形態而戰，他們更加迫切盼望創造者，也是救世者降臨，來援救這個多災多難的世界。

有一天，天上再度出現了萬年難得一見的異象。

「六星連珠，又來了哦！異象異象……」

神祕奇異的夜晚，億萬機器人再度集結在天梯之下的廣大草原，亞當、夏娃兩派死對頭預備做一次大決戰，他們決定將天梯裡的超級電腦毀壞，不讓永生機器系統運作，也就是讓諸神不再有永生機制，諸神們領悟到，唯有一個有死亡的世界才能得到眞解脫、眞澈悟。

眾神仰望蒼穹，天梯頂上六星環繞，還差一星就形成七星環繞的奇景，這時，在繁星閃爍的夜空某處的星星，突然從遠方悄然移動過來，悄悄塡補第七星的空缺位置，形成一個美麗的七星之環，原來第七星就是一架龐大的星球太空船，正是地球人類以小行星挖洞打造的太空船，當它在太空中執行任務時，正是一顆發亮的行動星星，它也可以暫時停留在太空中，成為超級母船。

七星連珠，不可能的奇景終於出現。這時，隆隆的太空船隊穿雲破霧，劃空而落，萬眾諸神以為創造者、救世者來到了，紛紛放下武器終止戰爭。

太空船的艙門打開，走出許多自稱是「創造者」的人類，他們有優美的外形，卻有著脆弱不堪一擊的肉體，無法像眼前這些機器一般隨時更換零件。

「這就是我們的祖先百萬年創造的樂園嗎？」爲首的人類長者觀察過整個星球的情況後，不解地問。

亞當和夏娃在人類的面前握手言和，他們對著人類高舉雙手呼喊：「感謝創造者、救世主！」

「我們不是救世主，我們也是在尋找我們的創造者、救世主。」探險隊中的人類長者仰天望著天梯上的七星連珠奇景，無奈地說。

〈萬眾諸神〉完

〈萬眾諸神〉題旨說明

地球上除了一神教之外，各種宗教各有眾多不同的神，習慣稱爲諸神、眾神，光是印度就有三億三千萬個神；然而，當地球人以「神」的身分光臨其他星球時，也就變成「萬眾諸神」了。

傳說，一九四七年在羅斯威爾件中倖存的外星人，經過心感應和軍方護士MacElroy的對談紀錄，還有來自其他匿名者的爆料，外星人的內臟簡單，有如生物機器人，外星飛船是以意識控制駕駛的，當有需要時，意識進入身體，一旦身體死亡，意識離開，可以重新再換一具身體。根據量子力學的探討，有一種說法：是意識創造了宇宙，宇宙是一個巨大的意識體。

一九八六年電影《領航員》情節中，講到少年的手掌伸入飛碟手掌凹槽裡，啓動駕駛了飛碟。被隱藏的外星機密，偶爾也會出現在電影中，諸如有名的《第三類接觸》。

開天闢地

在太空中旅行，唯一的苦惱是寂寞和單調，除非大家剛好都不是在冬眠中，才能聚在一起聊天說笑，否則輪到一、兩個人值班執行工作，只有找電腦或機器人玩、或比比智力、講講內心話，把流浪星空的鄉愁暫時忘卻。

現在，銀河九號太空船的控制室只剩下張秋雄一個人值班。他無聊地和電腦下棋，巨大的螢幕上除了棋局以外，還有一個老者的影像，他就是電腦中設定的棋手，他永遠那樣篤定安詳，從容不迫，而且時時面露笑容。張秋雄總是輸，忍不住發起牢騷：「讓我贏一盤吧！老不輸先生，你眞是老不死呀！」

「嘿！你罵我？」老不輸還是一副笑咪咪的樣子。「我可沒罵你，我是說你的老將老是不死，哈哈……」

「好吧，這回讓我老不輸也嘗嘗輸的味道吧！來吧！」

老不輸先生的棋藝收放自如，果然，三兩下就讓張秋雄給逼得無路可走，使得張秋雄意得志滿起來，就在他叫將軍，老不輸棄子投降的一瞬間，一陣巨大的、震人心弦的鐘響從電腦揚聲器發出，讓張秋雄整個人差不多要跳起，卻又有一種不可名狀的欣快感。這回總算贏了，張秋雄得意地伸展雙爪，作餓虎撲羊狀，賞了老不輸一個鬼臉。

老不輸的影像消失了，卻出現了一副嬌柔可人的美麗容顏，正對著他微笑，並且以富於磁性的甜蜜嗓音說：

「恭喜你來到美麗戰場，恭喜你打敗老不輸先生，現在輪到我接受你的挑戰，來吧！阿雄哥！」

張秋雄不禁心旌搖晃，眼前有些霧濛濛，一陣飄飄然，面對著螢幕中的美人，他精神百倍，意氣昂揚地迎上前去。棋局不見了，代之顯示的是一幅神祕朦朧、瑰麗玄奇的畫面，有鳥語花香、山明水秀的奇境，一望而知是個世外桃源。

「眞有這樣的地方嗎？」張秋雄喃喃自語。在銀河九號太空船裡也有類似的人工造景，現在出現的也只不過是電腦映出的假象，一時的興奮過後，失望之情開始湧入心間……

「花就是你的武器，拿起你的武器吧！」女人說，她已出現在畫面中央，頭頂上是一輪散射著燦爛金光的太陽，照著她如雲的秀髮和婀娜的胴體，她看起來就像個栩栩如生的仙子，太陽隨著她的手勢起舞，忽前忽後，忽左忽右。

張秋雄一下子目眩神迷，不知所措，現在他發現自己的影像已進入畫面，成爲幻境裡的人物，他幾乎可以眞實地感受到自己置身在有著撲鼻花香的迷離幻境，不同的是他還可以意識到眞實的自我，依然用手指尖操控著他面前的儀表板，以便使另一個畫面中的自己活動。

美麗的女人繼續說：

「把你所能找到花都擲到太陽上去吧！你能夠在一分鐘內把你籃子裡的花都擲完，投到太陽上去燃燒，就算你的功力到家，算你贏了，那時候我就會以眞實的人物出現在你面前，來吧！阿雄哥。」

驀然，兩度空間的大畫面在一次奇妙轉化中，雷射四射，雲影天光瞬息萬變，那世外桃源的奇景成了三度空間的影像，張秋雄已整個人置身在那虛幻的世界裡。他彎身抓起籃子裡的花，不斷往那火焰般閃爍的光體投擲，在如幻似眞的電子遊戲中，他的每次投擲都引起激烈的閃焰，群鳥競鳴，星雲急轉，五顏六色的花兒被吸納進去，消失不見，他的挑戰勝利。

飛瀑流洩似的音樂在朦朧光影中響起，現在他發現剛才三度空間影像裡鮮活如眞的仙子已消失不見，目瞪口呆，神情惘然之際，卻見矮個子的機器人小精靈已不知在什麼時候出現在他面前，帶著諧謔的笑望著他，讓他有被捉弄的感覺。於是，他動手在小精靈臉頰上輕摑了一下，算是回敬了剛才老不輸帶給他的一連串驚愕。

「你……也來管閒事？」

「別慌，我是爲你服務的，你贏了！我來爲你值班吧！」

「値班？你是說我可以去冬眠了？是老不輸派你來的？」

老不輸先生的臉再度出現在巨大螢幕上，露著神祕的微笑，影像上人像的胸口浮印了「開天闢地」四個字，看情形是在預告另一種遊戲。他說：

「下回再玩這一局吧，包準你開心到家，再見！」老不輸的影像消失了，剛才如花似玉的仙子，猶在幻覺中激盪，讓張秋雄覺得有一股不可思議的吸引力，他恨不得她是個眞實鮮活的人物，能夠擁抱她，跟她聊天說笑，傾聽她的溫柔細語，解除內心的寂寞。驀然，主機電腦的發聲器傳出了溫柔的話語：

「太空航行特別計畫之一，基於各種可能的考慮，爲防止太空人在旅行中的身心疲勞、厭倦，必要時將會提供鼓勵性的節目，以作為激發鬥志之用。現在有個重要的任務要交給你，你必須到冷凍室裡取出一個編號0011的試管，那是一個人類的受精卵，你把它拿到人體培育室去，按照規定設定程式，然後你就可以回去冬眠睡大覺了。等你一覺醒來，太空船已過了二十年，你會發現有一個真正的美麗仙子在等著你了。在這二十年之內，機器人會負責新人的養育和教育工作……」

「你是說，我可以娶她當我的太太？」

「那當然，你是太空船上唯一的男人，其他的男人都不在該醒來的預定程式之內，她當然選擇你。」

張秋雄按照指示走進冷凍保存室，將他的手掌貼放電眼前的玻璃板上，經過電腦檢查無誤之後，胚胎櫃自動打開。動手拿取試管的一瞬間，他起了貪念，多拿了一只試管，心想：也許他醒來時一個女人看不上他，還有另外一個，甚至更可能的情形是——兩個女人都為了怕失去他，會更加討好他，當他是至寶，而各自使出溫柔和魅力爭取他，那他就坐享齊人之福；若是長官追問或是要對主機電腦老管家報告，也可以編個理由搪塞，就說是為求實驗的萬無一失，保證這項造人計畫零錯誤，所以他多拿了一只試管，這也算是言之成理，並非自己是個好色之徒。心中遲疑一消，他倒也安然微笑起來。

將兩個試管移放到解凍室，並且設定了進行人體培育的有關程式，老管家的電眼始終在監視著他，以防任何差錯。當他完成所有必要的程式之後，開始想像著下次冬眠醒來時的情景，兩個聰明美麗的仙子正在等待著他，太空旅行將不再孤寂而無趣。

於是他兀自傻傻地笑著走向自己的人工冬眠箱，他調整好預定醒來的時程表，大約是二十年的太空飛行時間，帶著綺麗甜蜜的未來幻想，進入冬眠。根據古老的「相對論」計算，地球時間和太空船時間是不一樣的，如果以接近光速飛行，太空人航行一年回到地球，地球差不多已過了二十年，在太空船上二十年，地球則已過了三百年，太空旅行二十五年後，可能地球已過了一萬年，五十年則爲一百萬年，七十五年則等於十億年了。由於太空船並非始終以接近光速在飛行，必須經常減速，以便登陸，它所產生的相對時間效應並沒有這樣大，所以使用冬眠裝置以減少人體機能的老化，只留部分值班的人負責航行時的警戒，其他在冬眠中的人則可以將生命完全停止，以免無謂浪費。現在雖然輪到張秋雄值班，他也能與電腦溝通後做權宜的處置，因此他可以暫時離開值班場所。

不知經過多少時候，張秋雄從冬眠中醒來，發現自己比預定的冬眠時間多了六年，開始覺得不安。他才在舒活筋骨，脫離冷凍的不適，機器人小精靈便神色凝重地對他說：

「有些小改變是你原先所未料到的，相信你會同意的，這都是因爲你多拿了一只試管而發生的意外情況，請不要責怪我。」

張秋雄衝進控制室，來不及閱讀有關航行紀錄，他已意識到可能出了什麼差錯，驚嚇得面如土色。老管家的聲音依然不疾不徐，溫和而充滿魅力地傳出來：

「編號0011和0012的試管已經按照程式完成造人培育的計畫，他們在你冬眠中已經長大成人，現在已經不在太空船上……」

「他們在哪？到底發生了什麼事？」張秋雄迫不及待地問，一面東張西望。小精靈說：

「阿雄哥，你且聽我說吧，那是太空船時間六年前的事，那時兩個新人在我的照顧下，已經差不多長得跟一般成人一個樣子了，但不知爲什麼，他們經過老管家的允許，兩人最後帶著兩個機器人，駕著一艘飛行小艇離開了……」張秋雄生氣地摑了小精靈一個巴掌，斥責說：「那你爲什麼不趕快把我叫醒？你值什麼班？」

主機電腦老管家的聲音插進來：

「你自己看看到底發生了什麼事吧？你拿的兩個試管是一男一女，並不是兩個女的，所以我就把他們取名亞當和夏娃，這是按照我們地球行星上古老的聖經故事所設定的。結果他們懂事後，駕著小型太空飛艇走了，那當然是在他們發現了可居住的行星後，才做的決定，那是一個鳥語花香的桃源仙境，可以說是一個太空中的伊甸園……」

張秋雄幾乎要嚎啕大哭，他憤怒地嚷著：

「老管家、小精靈，你們這些機器混蛋！太可惡了！你們明知道我弄錯了，卻故意整我，讓我出洋相。我該怎麼對全體太空人交代？嗚嗚嗚……我眞丟臉。」

終於禁不住涕泗縱橫，有如倒大楣的醉漢，驚嚇得六神無主。

「是我啦！」三度空間的影像再度出現，雷射四射幻影迷離中，老不輸露著神祕安詳的微笑說：

「我不是說過嗎，下一盤棋會更精采，這就是所謂的『開天闢地』遊戲，好多男性太空人都玩過，他們最後都成了『創造者』。恭喜你啦！若不相信，我們就把太空船開回去那個亞當、夏娃落腳的星球去看看，只怕行星上已經繁衍了億萬人口，因爲太空船一直以接近光速在太空中航行，行星上的時間已經是亞當、夏娃之後——差不多八千五百年了，我們再回去找他們的話，又要耗去一些歲月，亞當、夏娃的後代子孫還不知道他們的『創造者』正是阿雄哥哩！你瞧你多麼偉大！你還哭什麼？」

老不輸的影像在他略顯諧謔的微笑中消失。

太空船再度調轉頭，尋找那顆所謂的「伊甸園」星球。當太空船即將到達時，差不多所有太空人都被喚醒，指揮官羅倫凱接管大部分的航行操作工作；張秋雄在興奮地等待中，有些不安和羞愧，似乎感到所有夥伴都在糗他。

銀河九號太空船抵達大氣層，監視螢幕上出現了驚慌走避的各類飛機，主機電腦老管家的聲音顯得急促緊迫：「他們的人造衛星監視系統已經發出了警告，要求我們表明身分。」

指揮官羅倫凱把手搭在張秋雄的肩膀上，跟他咬一咬耳朵，張秋雄百感交集地走到傳訊機器前面，用得意又不安的聲調說：「我們是『創造者』，我們很高興回來了……」

〈開天闢地〉完

〈開天闢地〉題旨說明

關於狹義相對論，以接近光的高速度在太空中飛行，造成的時間膨脹效應（俗說「時間變慢」如天上一日，地上千年），成爲汗牛棟的科幻題材，科學理論上，到未來世界是可行的。根據美國著名的天文學家卡爾．薩根（Carl Sagan）的計算，我們可以在二十一年抵達本銀河系中心，二十八年抵達二百三十萬光年外的仙女座星雲，甚至還可以在人類有生之年的五十六個太空船年，環繞已知的宇宙一周，而當我們回到地球時，會發現地球只是一團燒焦的灰燼。

一九〇五年愛因斯坦狹義相對論發表的前期，（有人說，其實應該稱爲「光速不變論」或「不變論」才合適）。一八九五年英國威爾斯的《時光機器》，被稱爲第一部合乎現代科幻小說定義的作品，一八九九年馬克吐溫《亞瑟宮庭的康州佬》則是奇幻式的時光旅行。狹義相對論之前，科學上已有許多時空理論的奠基者，廣義相對論則是愛因斯坦的獨創，近年著名的經典科幻電影《星際效應》，表達了穿越黑洞 蟲洞旅行、重力扭曲造成時間膨脹的概念，一場太空旅行回來，父親比女兒年輕。

本文《開天闢地》發表於一九九一年八月三十一日「時報文學周」，主流文學有時也能接納科幻小說。

河圖公主

那是我有記憶的開始，睜眼所見的華麗場景伴隨著喝采人聲，印象中身邊的爸爸媽媽各抓著我左右手，輕聲哄我、安慰我，人群歡聲雷動注視太空中那條月球和地球的太空電梯，一座捷運星橋，晶亮如項鍊的一條光帶，在太陽和燦爛星光中，閃亮奪目，它從月球地面拔地而起，連接到彼端地球，穿入有如高麗菜的層層雲靄裡，成了地月捷運通道，兩個星球形成了密切聯繫的文明體系。

「地月捷運電梯開通了！」

登天塔前面的月球嫦娥城，如雷灌耳的歡呼和掌聲來自四面八方，響徹了穹頂之下的空間。不知何時，爸爸媽媽突然消失不見，之後，保母雅雅溫柔慈愛的臉佔據我的心，成了陪伴我的唯一親人。我的同伴葉麗眉唸著詩人工程師陳賀華的讚歎：

地球母親啊
牽手月兒跟著太陽公公跑
一條母子連心的臍帶
數十萬公里的星橋
億萬銀河裡的嫦娥項鍊

在這個偉大的日子過後，醫生在我潔白粉嫩的胸口中央發現了類似河圖的圖案，那是一串串紅色小痘痘排列而成的，很像是地月臍帶的一段段節點。電腦幫我在胸口上以雷射刀烙刻了血紅色的字母Tobor Lucian，說是的我名字，因爲我出生在魯西安城。人們習慣以中式的綽號稱呼我「河圖公主」，原因是我的胸口常常出現奇怪的紋路，有如河圖洛書中排列奇怪的紅色小圓點，有的空心，有的實心，這也呼應了地月捷運系統的完成和開通。

「其實不全是這樣的，名字也許有特別的意義……」我的貼身保母雅雅，對我有特別感情，她的溫柔滋潤了我心中的甜蜜。

以後的一些日子，雅雅有如我親愛的母親，把我照顧得無微不至，我也一直以她爲榮，她有美麗的容顏和溫柔婉約的個性，若月球上有嫦娥，那就是雅雅了。我一直以爲她就是嫦娥的化身，小時候她跟我講有關嫦娥的故事，讓我感動地抱著她的脖子哭，嫦娥太寂寞了，雅雅指著地球上亞洲陸塊的東部，說是華夏民族的來源之地，嫦娥故事就是從那兒來的。

雅雅常帶我來到月球的太空電梯——也就是連接地月捷運臍帶的高塔去玩，在高塔上的過境廳可以看到忙忙碌碌地從火星和地球而來的觀光客，有的是會跳舞唱歌的明星，有的旅客經過檢疫，帶來地球的綠色植物，包括綠色的青菜、水果，甚至貓狗寵物，或是奇奇怪怪的科學儀器，新鮮有趣讓人身心喜悅。

「妳是被賦予天命的！妳的名字是爲了紀念魯西安城。」雅雅說。「就像狗也有名字啊！」我的大姊姊同伴葉麗眉，最愛打趣我。「妳爲什麼被叫河圖公主呢？」

「我的名字，就是我的美麗。」她同意我的自信，我看著她帶酒窩的笑靨，心裡痴迷得讓我陶醉，我不知道自己爲什麼喜歡她。

月球兩大城市，嫦娥城和魯西安城，都是很繁榮的都市區；另外，月球港則是月球太空電梯的所在，可以在這兒搭電梯到高塔上，再去火星和地球。月球城市一個是東方名字：嫦娥城；一個是西方名字：魯西安城。嫦娥城來自嫦娥奔月，是古老的華夏民族的故事，魯西安，是兩千多年前寫類似科幻小說的作家，中西都有典故。魯西安也被稱爲遠古的科幻小說作家。雅雅對我說了奇妙故事，只要她一開口，我便明白她說話的內容，而且牢記不忘，怪不得人們說我的智商高達三百五十。

「魯西安城，是爲了紀念西元二世紀古羅馬時代的作家魯西安寫的《一個眞實故事》描寫月球之旅而命名的。」

「很有意思啊，跟中國的『嫦娥奔月』比起來科幻一點。」我吸吮著大拇指說。

「魯西安寫的只是荒誕的諷刺小說，講的是一艘航行大西洋的船，突然遇到超級大風，被吹落到月球上，喂，河圖公主，妳別只顧吸手指頭……」

３D的投影在眼前放映出畫面，場面壯觀，還有震盪的回聲，讓我對地球上的古代科幻文學有了了解。

我把大拇指拿出嘴巴，口水流到我下巴，雅雅很快地幫忙我用毛巾擦乾淨。她接著說話，並且將文字顯現在空中：

「這兒有城市、河流、海洋、森林和山脈。月球人騎的是有翅膀的龐然巨獸，長得同地球上的螞蟻一樣，每隻跳蚤有二十隻象那麼大，月球人以滿天飛翔的青蛙當食物，生火炙烤來吃；男人在二十五歲以前當妻子，二十五歲以後當丈夫。有一個種族叫樹民，是割下右睪丸種入土裡，長出一棵像陽具的肉樹，結出果子變成硬殼，男童孵化而出。人老了不死，只是變成煙氣，逐漸消失。」

「這是哄人的玩意兒吧，太荒唐了。」

「當然，這只是兩千多年前魯西安寫的故事，不過，關於人類的兩性變化，今天魯西安城的人是一種法則。」

我有點恍神，「我不明白雅雅妳在說什麼？」

「月球上的人，二十五歲會變成男人。魯西安在兩千多年前就在他的《一個眞實故事》用思想訪問了月球……」

「鬼扯淡啊！」

「河圖公主，笑一個，親一下……」雅雅抱著我，搖來搖去，親了又親。雅雅的智慧帶給我恆久回味，一如她對我的百般呵護。

雅雅是我的至親至愛，她胸前的一顆飽滿的大奶充滿源源不絕的營養汁液，讓我吃得滿足，從來不怕我猛吸狠抓，不用擔心像氣球一般爆破，只擔心自己用力吃奶流太多的汗，只擔心吃喝太多吐乳汁、拉肚子，或者被她的大奶壓得窒息。她的綠色頭髮柔軟，散發著草香，我常埋進她的髮際裡睡大覺，直到我在她身上尿尿時，才被她罵醒。

「還好，妳沒有小雞雞，」雅雅生氣地說：「要不然我會把妳的小雞雞綁起來。」

「什麼叫小雞雞？是很會叫的鳥嗎？」

「有點像鳥，不會叫啊。」雅雅說：「不過尿尿時像一根小水管，很管用，男人長大了，可以用它生小孩。」

「那那……我也要裝一根來用。」我說：「這樣小便不用蹲下來是嗎？」

「等妳將來生了小孩，妳的小孩就有了。」雅雅笑著說。

雅雅常常把話說得有趣，滔滔不絕，當她說話時微露玉白的牙齒，美麗弧圓的唇形和俏麗臉頰露出迷人微笑，我好像看到了傳說中的聖母瑪利亞，她的容顏和溫柔時刻吸引了我。我從雅雅的教導中得到啓發，了解了人類歷史，甚至宇宙創生一百三十七億年的過程，暗物質與暗能量的影響。很快地能跟雅雅和其他的老師討論光的紅位移、星體每秒釋放出的輻射能量、宇宙常數、暗物質、暗能量、宇宙膨脹、測不準原理、多重宇宙。

我對於「爸爸媽媽」的印象是模糊而抽象的，只像不帶感情的符號，有似一棵樹、一個抽水馬桶、一台望遠鏡、或一台離子飛行器、一張桌子、一把椅子般的用途，不像人們的爸媽能定義爲養育兒女的親人。終於有一天，我接到火星打來的視訊電話，一對銀髮男女出現在３Ｄ影像幕，原來是我爸媽。

「河圖公主，生日快樂！」慈詳和藹的爸媽同時開口說，並且在六根電子蠟燭前面唱起了生日快樂歌，我在爸媽的眼中看到了閃燃的紅色燭火。

「爸爸已經一百五十五歲了。」爸爸說：「妳媽剛好一百歲，還年輕呢。」

媽媽笑得很開心，臉蛋的柔軟和光澤跟我看到地球上的百歲人瑞皺巴巴的模樣兒不一樣，牙齒玉白，與我看到的葉麗眉的玉齒是一樣的。爸媽對我說些祝福的話，最令我驚訝的說法是：

「河圖公主，妳會活得天長地久，與地月臍帶同在啊。」

□

雅雅除了會做家事、唱歌、照顧我。我青春時期，胸前膨脹起一個大大的奶，有如圓盤形，單獨的一個，像半個碗覆蓋在我胸前，中央一顆奶頭，每當我照鏡子時，觀察著這顆奇異的碗形球體，總不自覺地孤芳自賞，並且引以爲傲。

自從我有了自己的奶，我便不再吃奶，胸前排列的名字也跟著擴大起來，隨著呼吸和身體運動而顫動，尤其在我健身時，袒露著上身，努力讓身體的活動激發汗水，引起很多人的注目，和不同的吶喊：

「好傢伙，怪咖！」

「外星人的種！」

「上帝的傑作！」

「讓我看看妳的胸部……」好多人著迷於觀看我胸部微凸如圓碗的單峰，亂沒禮貌的。

每當我胸口感覺搔癢，科學官叔叔就會從基地監控室緊張趕來，他說是從前地球上有名的心理學家榮格說的共時性，這是一種量子效應。監控室已發現了情況，我心裡頭也癢起來，努力抓癢時，會顯示出血管神經的紋路，像一顆顆星星排列出奇怪的模糊圖案；尤其是地月捷運系統出了問題，有人在某一節點上維修時，我的腦袋裡便盤旋著一些符號和名詞，也會湧現一些或抽象或具體的意象：電機、煞車、繫繩動力、功率、太陽、地球、月亮擾動、隕石、太空垃圾、通訊連接、強度、張力、遙測……科學官就根據這些資料數據通報維修單位，動員前往地月臍帶的某處檢測，及早發現問題並維護。

「啊，河圖出現了！快來看看……」好多人爭先恐後圍過來，嘴裡嚷著嚷著，眼珠子著了火似地亮閃著，想看看我身體的奇觀。河圖上的某一節點浮現紅色小圓珠，往往就是地月捷運相對應的節點，在我鼓起如飛碟的圓碗上，竟也有淺淺太極圖顯像，又似麥田圈傑作。

我驚訝不知所措，有時胸部的圖形出現不同人臉，不同色調的印象畫，可以看出諸如地月捷運臍帶中的工程意外、著火、儀器故障、旅客傷病等狀況。周遭的人好奇地湊過來圍觀，要從我胸口的變化看出什麼端倪，以便趨吉避凶，我的胸口成了奇妙的感應圖。儘管電腦的計算已經超越人腦千百萬倍，科技的發展已經進步到可以掃描儲存人腦的思想和心智，人們對於未來的恐懼依然沒有止息過，一如地球上川流不息的水、日日夜夜逝去的時間。人們只是時間河流中起伏的過客。傳說河圖是古代中國人根據五大行星金、木、水、火、土星的運行而畫，含藏深奧的易理和宇宙玄機。

有一次，我的腸子絞痛起來，科學官鐵青著臉色，匆匆趕來，把我帶去檢查，不久傳來地月捷運管道的中途點——拉格朗日太空站發生大停電，原來我的身體與地月臍帶息息相關。月球人都把我當作寶，對我有著特別的期望，也習慣聽我瘋言瘋語。

「欸，我的胸部，爲什麼是這樣子的呢？」

我的怨嘆和我的疑問陪著我一起長大。

雅雅帶我們進入全息電子遊戲的世界，有人扮演過嫦娥或者后羿，也有人演天帝或十個兒子，我們見識過十個太陽在天空照著的偉大而壯觀的場面，那眞的曬得人們個個變成了人乾，天帝是發亮璀燦的銀河，祂的十個兒子，就是十個太陽，本來在母親的安排下，輪流值班，可是有一天，十個兒子爭搶著天空的位置，這就照得地上萬物火熱，草木枯焦、河水乾涸，百姓和牲畜都受不了。后羿天神就用雷射大砲把九個太陽粉碎，只剩下唯一的太陽，就是現在的太陽。

天帝當然氣壞了，就把后羿和他妻子嫦娥都貶爲凡人，后羿感到連累嫦娥而問心有愧，就到西王母那裡討來長生不老藥，準備和嫦娥分享，誰知嫦娥一個人把仙丹全呑下，嫦娥頓時雙腳離地，在夜空中飄到月球去。這個月球的神話一直吸引我。

童年的記憶裡，地球人、火星人與月球人來來往往，星際文化逐漸融合擴展，是我成長中飛躍的記憶；我腦袋中常有奇怪的㘗㘗聲、不明閃光符號，或從前建造地月捷運罹難的工程人員的魂體，在飄浮中跟我打招呼、講話……還說我是個巫婆、擁有大能的人，身體可以參透暗物質、暗能量，能看到他們。我怎會有這樣的能力？我的能力是怎樣來的？我搞不清，還以爲每個人都跟我一樣。葉麗眉說：也許是我常常吮手指的關係……

雅雅的奶子又圓又大，那是一顆半圓碗形的球狀體，看到血絲紋路，在紋路裡就像看到銀河星系。我每次吮吸雅雅的奶，就會覺得整個宇宙在我的吮吸中被控制住了。從幾世紀以來，科學家的觀測已經知道，宇宙在加速膨脹，等我長大些，我才領悟到雅雅飽脹的奶，跟宇宙膨脹的關係，在我的吮吸下可以維持宇宙的斥力與吸力的平衡。科學官說，由於我的接觸造成了雅雅的奶起了變化。

幾個來自美國五十一區的外星人，綽號無齒——五尺也是他們的身高呢，無齒眞的看不到類似人類的牙齒，腦袋光光滑滑，不長毛髮，鼻子嘴巴分別是一小一大的洞，看不到牙齒，凸出如晶亮圓球，皮膚淺綠。只有五尺高的工程師，聽說他做的是研究智慧型武器，還有如何移動星球的工程，他比成年的我還矮一大截，靠著無齒之人的幫助，參與的國家得以強大到宇宙星際。

科學官主導例行地底探測岩礦，利用製氣機製造氧氣，也擴展居住空間，和地下農場相連接，無敵不摧的一條鑽地蛇蜿蜒深入月球地面底下，碰到強烈的回音波，整個基地都驚動了。科學官透過廣播鎮定地說：「外星人在史前時期就在月球活動，埋了很多人類不知道的設備，一百年前中國的探測隊早已挖出這些東西提供使用。只要不危及地月捷運臍帶，開發是要繼續進行的。」

我的胸口感到輕微的激盪，好像幾百隻小蟲在爬，靠近乳暈之處癢得我笑不出來。

□

雅雅跳起肚皮舞，舞步扭轉，臀部如觸了電般震動，雙腿躍動飛揚旋轉，捲起一陣風，跳得好高，差點撞到了天花板，然後像仙女般飄降下來，我見識到魯西安城的美妙。

「河圖女孩，學著我跳吧！」雅雅說。

她穿著全套的肚皮舞裝，華麗的腰封、腰帶、腰鏈，配上誘人的薄紗，在兩腿、臀部和腰肚間擺盪，扭動的韻律配合音樂的節拍旋律，如飛蛇一般舞動，她說，練了肚皮舞會讓女人保持身材妖嬈，婀娜多姿，也吸引男人關愛的眼神，讓男人神魂顛倒。

我跟著扭腰顫臀，比劃比劃，跳得高高的再緩降而下，雖然沒有穿著像雅雅一般性感的服飾，我還是感到身心舒暢無比，甚至期待一個異性眼光的注視。

我周圍的人也最常拿我的奶開玩笑，不管男人女人，大人小孩說什麼話，我都不在乎。我的榮耀就是胸部，我這麼相信著。

「去外面透透氣吧！」雅雅的兩隻眼睛睜大了，一陣咳嗽，「空氣變混濁了……」

□

當建設月球都市陸續開發擴建時，許多工程車在圓頂罩子外面推土挖洞，月面揚起的微粒灰塵如雲霧般遮住了遠方星星和地球，地面上分布著管狀物，巨大開口處有機械在活動，隔著一層圓頂透明罩，機器尾部噴出了瀰漫空間的白色氣體，住在長年溫暖之地的居民，不會擔心輻射的傷害和隕石的襲擊。建築物內部，都是發亮的牆壁，空氣中常聞到一種人工花香，當氣體混濁時，有必要重新換氣，保持新鮮。人們上到地面來，有圓頂玻璃罩保護著。

暗黑的星空裡，點點星光就像整片的天空被黑布罩住，而後被針刺戳了一個個小洞洞，你不能注視的太陽光盤，強光烈焰般透照著，地球的臉披著紗掛在另一邊。

一群黃皮膚、白皮膚和綠皮膚的外星人居住在月球的地下空間魯西安城，過著不知天有多高，地有多厚的日子，也想像不出海洋的樣子，只能在電腦影像庫裡去了解和體會。在月球裡，只有少量的水，是從地底下複雜的機器提煉製造出來的。在人工草坪上玩耍，每次拍打一顆球時就會彈跳得老高老高的，直達到天花板，球體慢慢降落的過程中，我看到球體反射了從透明圓罩外面射進來的太陽光，一邊亮白刺眼，一邊暗黑。從魯西安城的地面觀景樓上，可以看到地球景觀，那是一顆覆蓋著如紗的雲層和霧靄的球體，美麗而神祕，有點像一顆層層包覆雲氣和水的高麗菜。站在我身邊的葉麗眉喃喃地說：

「地球百分之七十是海水，跟人體百分之七十的水是差不多的比例……」

「宇宙中的暗能量也差不多是百分之七十。」我接著說。

我的回答儼然打開了葉麗眉靈魂深處的一扇門，她轉身瞅著我，眼眸深處晶亮迷人，粉嫩臉上綻放了玫瑰花開一般的笑容，她說願意等我到二十五歲變成男人以後嫁給我，她輕輕在我臉頰親了一下，我來不及回應，感覺我的肚臍處起了一陣劇烈痙攣，同時看到地月捷運臍帶遭到微小隕石撞擊的畫面，如今已變成大災難，葉麗眉抓住我發抖的手，輕語著：

「河圖公主，別怕！當初妳被設計成地月臍帶的共振物。妳爸媽就是設計者！」

「也把妳設計成魯西安筆下的月球人。」雅雅說。

原來我是伴隨著地月捷運臍帶同時誕生的天賜榮耀。

〈河圖公主〉完

作者按：超級天文工程太空電梯捷運管道有一個附屬設計，依榮格（Jung）的共時性（共振態）規劃的小孩同時出生，她成為監控設施，胸口產生河圖形狀，即主角「河圖公主」。共時性又譯作同時性（Synchronicity），被用以解釋因果律所無法解釋的現象，比如夢境成真、外在事件和心靈之間的同步化，表面上無因果關係的事件間，有著非因果性和有意義的聯繫。Tobor，是機器人Robot的反向字；Lucian，遠古科幻之父，作品寫了月球故事。

鳳凰涅槃

——死亡的回憶，是生命的過程。

這是我第一次目睹自己執行火葬。

你能想像自己的身體被焚燒的慘痛嗎？

一點也沒錯，除非你是在古代西洋犯罪被處以火刑，遭受悲慘的對待，在臨終時親自體驗無法以文字言語形容的裂膚融骨之痛，如今面對火葬的記憶，感同深受，足以留爲深刻的人生回憶。

「天是棺材蓋，地是棺材底，喊聲時辰到，總在棺材裡。」

思想起百年前一位作家趙滋蕃洞徹人生與心的詩句更會有感觸，每一個人有出生必有死亡，無所逃於天地之間。

此刻，一副薄木棺材裝載我的另一副軀體——年老不堪的另一個我的肉體，慢慢推進了焚化爐洞口，年輕的我目送著棺材逐漸沒入，以至完全消失。爐門關起，瓦斯轟一聲引燃，肉體的毀滅交給了火神，萬千火舌襲捲棺材，最後吞噬整個身體，我心內悸動有如千軍萬馬奔騰，熊熊烈火焚燒，全身不由得起了雞皮疙瘩，感覺每一吋肌肉和每一個細胞都要爆開了，那是來自多少年來兩副身體的相互傳感的直覺作用吧。老衰無用的備用身體，切斷兩者連線之後回歸自然，以火化終結，宣告停用，讓王孟翰的生命專屬於新鮮年輕的身體。

舊式人生的觀念，人有生有死不可避免，自從「鳳凰計畫」實施之後，打破了開天闢地以來的生死觀，被揀選而勇於接受實驗者的壽命可能無限延長。A計畫正如電影《阿凡達》的化身與本身的關係，軀體與軀體之間有了連結，定時以傳輸頭帽更新心智思想，兩個我同時活在世上，但是兩副身體會隨時間老化，經歷完整的人生；B計畫則是一副身體到底，使用有如血球大小的奈米機器人注入人體，隨時在體內巡行，修復人體，並保持青春體貌，但也有可能奈米機器人在體內的運作發生故障或災害，帶來不可控制的疾病導致死亡。直到最近，又完成了預先下載思想心智，備分在超級電腦裡的鳳凰C計畫，以便萬一肉體死亡，而靈魂仍可存在虛擬時空；我也因著這項發明，瀟灑地把年老的身體火化報廢。

傳說中，鳳凰是為人世間傳播幸福快樂的使者，每隔五百年，累積夠了人世滄桑苦楚、恩怨情仇的經歷，它就蒐集香味木材引火燃燒，投身熊熊烈火中自焚，以生命和美麗的終結換取人世的祥和幸福，在肉體遭受了至深痛苦和輪迴後，得以全新的軀體重生。在佛經中，這段故事比喻的意義，被稱為「涅槃」。永生醫學計畫的命名是來自富於哲學思想的精神科醫師梅麗的主意。

我是個苦幹實幹的外科醫生，得以接受科技果實，選擇A計畫延續生生世世年老衰敗的身體，藉助醫學科技複製出另一個年輕的自己，兩者的心靈以超高速電腦網路相連通，繼續在年輕的身體上活下去，一百多年來我總是擁有著一老一小兩副身體，兩者共有人生經歷，這必須是有著慈悲之心的人才能享有這樣的恩惠，否則萬一被邪惡所利用，科技將成為魔鬼的化身。然而，就在面臨年老身體火化之際，預期中的身心不適是我必須面對的浴火重生的感受，肇因於兩者之間的無形連鎖，也是二十世紀物理學常被引用的「貝爾定理」（Bell's theorem），一個物理體系若被分裂爲二，就算兩者已經分離很遠，仍存在著種種關聯性，這個理論也被用來解釋超感覺現象。

殯儀館牆壁間的廣播系統發送出告別的哀傷優雅曲調，菊花香撲鼻，沁脾入心，我靜坐如石頭雕塑，陪伴在我身邊的梅麗挽著我的手臂，感覺到她儼然是一棵樹，或一束花那般的存在，靜默無聲無息。

這輩子由於梅麗的陪伴，讓我得以接受她的精神醫學專業，幫忙我克服許多心理障礙，雖然我也是醫生，卻也有難以排解的問題，當人們喊叫著，封我爲「救世者」之時，我是極端反感厭惡的。不錯，一百多年來我醫治過很多病人，動過很多手術，尤其是使用B計畫的人，他們讓奈米機器人以血球般的大小在體內巡行，不斷修復人體，企圖達到永生，卻還是有其窮盡、無奈之處。就以一般人的腦袋想想，腦部神經元種類繁多，基本構造雖相同，神經細胞有數以百計的樹突和一條軸突，樹突又有許多樹狀分支，軸突也有許多分支，樹突和軸突，分別與其他組織、肌肉及臟器的感覺接受器和腺體細胞相連，而包含神經傳導物質的元素至少五十多種；腦部的疾患常使醫學束手無策，我的太太梅麗是精神科醫師，自己也被焦慮症和強迫症困擾著。

火葬者與我，原屬於兩體一心，周而復始的生生死死，死死生生，火葬是宣告年輕身體的單一自主，眼見「我」的老身體推入焚化爐的一刻，千絲萬縷的焦慮都被火燒乾淨，隨之而來的是，不自覺勾起了百年的綿長回憶，尤其是與生命中親密伴侶的互動。

認識梅麗，是在為了她與死神展開一次難忘的戰鬥拔河之時。

那時，梅麗是貌美如花的青春玉女，她因為下腹腫脹劇烈疼痛，在驚恐和嘶叫中被送到醫院，我當時遠在五十公里外的花園山莊跟我狗狗享受好山好水，值班醫師的診斷是梅麗子宮外孕導致出血、腹部腫脹。婦科醫師趕來急救處理卻摸不著頭緒，醫師使用針管從陰道後壁的骨盆腔穿刺檢查，發現一管血水，以為輸卵管破裂而出血，在失血狀態下血壓趨近零，脈搏微弱，醫師剖開肚臍到恥骨下方的腹部，在擁擠臟器內的腹腔已如血池，當發現血不是從骨盆腔湧出來，而是上腹部的不明之處，婦科醫師因為誤診而驚惶失措，需要其他外科醫師來幫忙尋找出血點。我在家接到訊息，即刻進入網路連線系統，成為手術現場的另一位機器人醫師。

透過連線，我即時進入最尖端的機器人系統，立刻就面對血淋淋場面，對一般人來說怵目驚心，我則已司空見慣。從腹壁開張器撐開的傷口，我得以藉先進機器人的觸覺和視覺系統，還有被稱為神手的傢伙進入探索。我熟悉人體腹部的每條血管，事後我完全無法想像眼前洞開的血人是日後的親密伴侶，也不曾想到「它」是什麼樣的身分背景，高矮胖瘦美醜，在手術布的遮掩下染血斑斑，眼前所見是沒有臉貌的組織器官物件，我的當務之急是趕快執行止血程式，直到我使用第二具腹部開張器撐開傷口，拉大手術範圍為原來的兩倍後，終於找到脾臟附近動脈的出血點，迅速止血，在全神貫注、分秒必爭的千鈞一髮中戰勝了死神。

這以後，奈米醫學機器人的改進、進入人體巡行隨時修復組織的程式，更見進步，失誤更少，梅麗與我共同推動，這就是有名的庫茲威爾（Ray Kurzweil）理念的永生計畫發揚光大；然而，永保青春美好面對的是永恆無邊無際的未知探險，外科醫師常是解圍的人。對於我，與死神多次交手的搶救生命經驗總歷歷在目，這個曾經血淋淋被剖開身體的美麗女人，如果在手術當下，讓我看到她的臉或知道她是醫學院學生的身分背景，一定心情躁動混亂，沒法自在揮灑動刀挽回她的生命。

梅麗回憶生死交關的那幾小時，她感覺自己脫離軀殼，逐漸飄浮在空中，目睹自己被開腸破肚，聽到醫師說她死了，正在急救，感覺自己在黑暗的隧道裡，跟隨著一道移動的光遠去……

一如梅麗的瀕死狀態，此刻，當我的另一副軀體在宣告廢棄中火化，我面臨了心理衝擊，是我自己的焦慮感在作祟也罷，是無形的心理連鎖發生作用也罷，我感覺身體內的焦灼越來越強烈，感受到身體被火燒一般，接踵而來的頭暈、心怦怦跳、輕微發抖、顫慄感、窒息感、梗塞感、麻木與灼痛，排山倒海而來，應該是突發性焦慮。

「吸氣，慢慢吸氣……再吐氣……注意自己每一次呼吸……慢慢呼吸……」

身邊的伴侶原本彷彿一棵漠然的樹，讓我依偎著，卻發出輕柔的低語。

梅麗一隻手輕拍在我胸，安撫著我，重複她的提示，對我有著催眠作用，她早已認知到無形的連鎖帶來的衝擊，會有難以調適的情況，未必全然是來自我的焦慮，或者應該說是兩者混合的情況。

意識到自己正在經歷類似的瀕死狀態，我感到一陣虛脫，有如坐雲霄飛車般，進入黑暗隧道裡，這一生一世的所有的經歷恍恍惚惚，如電影般快速放映出來：在手術台上對病人動過無數次的手術，那些組織與組織間的交流，猶如城市與城市交流，生命裡有生命在對話；在緊急情況下，不使用微創手術，而直接對人體破肚挖腸的情景；無菌的醫學聖殿裡，白袍與袖子、鞋子沾濕答答的血漬……

腦袋裡傳來一些雜沓回音，人世間的對話：

「這時代，相信不會死，就如同相信民主比相信專制的人多了。」

「與天地同在！」

「做自己的主，找自己的神！」

瀰漫各處的聲音，除了自信之外，還隱藏著看不見的頹廢，對於年輕人竟日的無所事事和逍遙逸樂裡看在眼裡，作爲外科醫生的我，歷經一台又一台的手術，在人體組織如物件中穿梭巡視、探索旅行。

彷佛一時失去了呼吸和心跳，我眼前金星亂閃，遠處透著一點微光，洞中逐漸擴大，燦爛暈光裡飄浮著的是：去世的父親、母親、爺爺、奶奶和眾多親屬亡者的身影，一個一個光人在跳躍飛翔，一個年老的自己的身體光影也陷在暗黑隧道裡，逐漸攜手飄去發光的洞口，我正要投身進入，爸爸、媽媽對我呼喊：「回去吧，孩子！回去吧！」眼前明亮得張不開眼的光包圍下來……

然後，我聽到梅麗輕柔的話語在耳邊傳來：

「孟翰，現在……你們兩副身體之間已切斷意識通聯了……但還是有著無形的聯繫，所以……很有可能……你會經歷類似瀕死經驗的情況……這是精神醫學上常見的現象……」

殯儀館裡撲鼻的菊花香味，讓我緊繃的神經回了神，汗流浹背，就像排出一世累積的鬱情，心裡得到鬆懈。在我神智清醒時，我感到告別備用臭皮囊的興奮與喜悅，夾雜死亡的焦慮恐懼。從少年時代開始，我便不斷被告誡珍惜生命，在有生之年盡心盡力做出有益社會的事，追求生命應有的價值，而在我這個外科醫生的眼中，一個人的生命是各種器官和組織的集合，再加上無形的心智意識，有形與無形聯繫的生命直到死亡分離或消失。

終於，我從渾渾噩噩中站起來了。走到廳外，數以百計過去曾經被我施救的受惠者來參加我的儀式，盛況是空前的，有如喜事慶典，人們感謝祝福，把我當作救世者，男男女女藉著嵌入手臂的隱形微電腦，從萬千皮膚的毛孔發射出一串串類似鞭炮聲的激響，伴隨著貝多芬第九交響曲歡樂頌的主旋律，象徵「永恆久久」，爲了慶祝我火裡重生，祝福我和梅麗倡導推動鳳凰計畫的完美無瑕。

站在我面前的群眾，大多是曾經動過手術的本人或家屬、朋友，到底是那曾經火化了的我，還是肉體依然健在的我的所爲，就搞不清了。

□

無人駕駛的車子在高速公路上疾駛，另一副身體火葬的焦慮猶在，心旌搖晃，遠處的青山之上的飄逸雲朵反映著柔和陽光，飛鳥的翺翔如許自在，青翠的樹木與河流讓我看見造物主對大地的照護。

「你說呢？還要再做多少手術才罷休，一起到火星旅遊，看看兒子、孫子呢？」梅麗的眼眸注視我，深情的注視裡，我讀出了興奮喜悅，然而我也擔心她突來的情緒風暴。從現在起，她不須要面對兩個一老一小的我，不須要搞得難分難解，面對兩個頭帽連線的王孟翰，也許這是讓她的心情起伏，認知分裂而難以平靜的所在。

「你所看到的都是假象，知道嗎？」她說，可這是一種哲學語言啊。「不過，當你愛一個人愛得過久，對方會成爲你的一部分，是眞的。」

「嘻嘻……我是你的一部分。」

梅麗已經跟我在一起差不多一百年了，難怪我的一舉一動，所思所想，她都有直覺和感受，從她醫學院畢業沒多久，就接受了B計畫，注入數以萬千計的血球大小的奈米機器人，在她體內隨時調整修復，保持青春不老。

我還在陶醉於救世者的歡呼，滿意於今天在殯儀館外面熱烈揮舞鮮花的人群。車廂內的音樂讓我沉浸在唯美浪漫的氣氛中，我伸手在她大腿撫摸，尋找愛的滋養和引爆，沒想到引爆了不知何來的怒氣，被她狠狠捏了一把。

「你還沒洗手！」我感受到觸電一般的痛楚。忘了她愛乾淨的強迫症隨時會發作，就像萬里晴天忽起的風暴驟雨。她變臉很快，作爲一個精神科醫師，她無法審視自己失常的心理狀態，她也了解精神科醫師自殺率比一般人高出好幾倍，我曾經勸她找其他的精神科醫師看看，後來發現她定期去找了電腦心理師，這也突顯了奈米機器人修復人體的極限，只能作用在生理層面。

一陣劇烈的咳嗽，有如猛烈的砲火在車內爆發，她掛起口罩，卻無法掩去眉宇糾結的焦慮，纖細蒼白的手按摸自己脖子：「這兒腫了一塊，不會是……」

我順著她的手按壓住那腫塊，「沒關係，應該是妳的淋巴結中的白血球，正在與細菌作戰呢。」

「我會好轉嗎？我的老毛病……」

「不用擔心啦！」我安慰她，心裡想著她所說的「老毛病」，不知是指她自己的精神官能症，還是她生理的症狀，不知道她是否無法適應，奈米機器人在她體內運作時發現很多難解的缺憾，對心理疾病卻無能爲力。

當車子下了高速公路之後，改由梅麗人工駕駛，她忽然想到了什麼，在急遽的喘息中激動叫著：

「你跟那個……實齡只有二十歲的美麗女病人太過親膩了，……我看到的你……不是年老的你，是現在年輕的你……」

她所指的女病人是美麗模特兒林智玲的第二身，我爲她檢查胸腺瘤，那應是在複製人過程中的胚胎發育期引起的，與林智玲之前騎馬摔倒傷肋骨是兩碼事，奈米機器人對身體的修復不是萬能，必須靠外科醫師處理，梅麗的醋意爆發得突然。她的意思是，如果她看到的我是那個剛剛火化的老身體，她就不會在乎。她胡亂吼叫罵了些難聽的字眼，嗓音越來越高，尖銳得像一把刀刺進我的心。

車子在兩排茂密行道樹下高速行駛，顯得輕盈自在，她發直的雙眼怒視前方，就在一處斜坡彎處，竟沒有即時轉彎，車子衝斷護欄直向崖下墜落……

恍恍惚惚感覺到自己身體穿過隧道，直向遠處的燦爛光暈飄去，當我降落下來時，看到許多藍色、綠色、黃色和黃色的光人在飄動招手，一排閃燈文字出現在眼前：

歡迎王孟翰醫師，來到超級電腦虛擬宇宙

一個飄浮的人形黑影，對我招手說：

「今天你在人世的兩副肉體都報銷了，一個火葬，一個車禍身亡……」

「啊啊……我已經死了？」我大驚，輕盈的身體如在無重量世界打轉，快速飛奔向一處游滿五色魚群的水池上空，一隻騰空跳出的狗閃過，我認得牠是我曾經養過的來義，我正要呼喊「來義」，猛不防地，我的身體與一個發光的白影相撞，無聲無息地穿過他身體之際，聽見他帶著回音說：

「沒關係，你還有備分的心智可以使用。」

兩個一黑一白的人影讓我想起黑白無常。我恢復了鎮定，想起早在我決定將另一副年老身體火化之時，就已經把自己腦袋裡的思想、個性下載到超級電腦裡，以防萬一肉體眞正死亡時，靈魂得以存在不死，在必要時也可以設法還原肉體，甚至在死後回到人間。

我的知覺系統變得靈敏起來，一陣狗騷味撲鼻而來，喚起了遙遠的記憶。我指導醫學院學生的博士論文，爲一隻奄奄一息的流浪狗動手術之前，給牠剃了毛，施了麻醉之後，使用電極通入一陣陣電流刺激，研究心臟異位跳動的電場變化，在大堆的心電圖紙張、狗糞、狗血和狗尿中奮鬥過後，最後將傷口縫合起來，狗命得以存活，牠也就是我家的來義，在來義老衰死亡之前，我們把牠的心智下載到超級電腦裡。此刻，主人與狗在虛擬時空的相會，格外珍貴喜悅，我親熱地抱著來義，在交會中穿越了彼此身體。由於一個人體所儲存的最大資訊量大約10^{45}位元，足可容納一千個銀河系所擁有的生物存在；超級電腦的運作最終將會包括整個地球的歷史和上面存在的生命體，以容納全人類的生命，在虛擬時空中獲得永生。

然後，我聽到從內心和宇宙同時傳出的召喚：

「車禍之後，梅麗情況危急，需要你趕快前往救治！本中心將馬上把你的心智送入還原機器人系統……」

就像多年前我為梅麗所做的，我進入網路連線系統之後，成為機器人醫師出現在醫院的手術室——所不同的是，這回我的肉體已經在車禍中報廢不存在，除非科學能找到方法將心智重新融合在新培育的身體上。

她的心臟受損嚴重，這回我必須為她緊急換心，梅麗的胸腔已挖開，心臟已經取出不見，我注視著梅麗胸腔中敞開的血洞，這情景是一般人無法想像的，沒有心臟卻還活著呼吸，新的心臟就在旁邊檯子上的玻璃盒內，浸泡在營養液中，我小心修剪主動脈、肺動脈和心房，最後才把心臟放下植入裡面。

我想著梅麗這輩子發生的事……

梅麗不應該只是一堆血肉，生命的存在是在血肉之外的高超界域。

此刻，梅麗一定飄浮在手術室上空，得意且驚慌地注視著我們為她的生命奮鬥施救的過程，她一定不相信奈米機器人可以無限制修補身體組織器官，以保持青春不朽，所以她身為精神科醫師卻無法克服精神官能症之苦，甚且跟過去精神科醫師曾經發生的最大不幸一樣，無法避免最不該發生的宿命，而必須靠著我從虛擬時空中鑽出來，解救她的身體……

〈鳳凰涅槃〉完

〈鳳凰涅槃〉創作理念說明

本故事敘述凰凰計畫是人類永生的方案。A計畫是製作分身，有如阿凡達一樣，兩個身體同時活著，B計畫是奈米機器人輸入人體隨時修復組織以保青春不朽，最後又有將人腦思想下載入超級電腦，可以在肉體朽壞之後，靈魂單獨存在於虛擬空間。

我是一個外科醫師，年輕的我目睹自己年老的另一副身體被送入火葬場，由於身心連鎖效應（類似貝爾定理效應），在殯儀館經歷了有如瀕死經驗，回想一生的經歷，與自己伴侶梅麗的遭遇，我在外科手術急救了她的生命，她後來成了精神科醫師，雖然使用奈米機器人保持青春，卻有著克服不了的焦慮症和強迫症，最後在駕車過程中故意衝撞護欄自殺。我的兩個身體一個火葬，一個車禍身亡，最後我從虛擬電腦中使用機器人出來爲她動手術，我化身爲機器人醫師的手，捧著她的心臟思考科技到底有沒有極限，爲何精神科醫師的自殺率比一般人高好幾倍……

主題：思考永生科技的極限，身體的醫治無法解決精神問題。

附註：關於精神科醫師的自殺率比一般人高好幾倍、一個心臟被挖開的人，短時間還有呼吸……都有醫學根據。

天堂A夢小學

媽媽和爸爸吵架那天，天都塌下來了，我害怕得發抖，大熱天，冷汗直直流，爸爸咬著檳榔的臉扭曲著，吼聲如雷，媽媽應和著，有如狂風暴雨，我拉著妹妹躲在垃圾筒邊，嚇得像兩隻見了貓的老鼠。

戰爭爆發的原因是，媽媽嫌爸爸甩掉剛擠完的牙膏，嘮嘮叨叨說：「舊牙膏剛擠完，還可剪開來用，何必丟掉，太浪費了！」當公車司機的爸爸才下班回家，也許太累了，聽得不耐煩，故意用力摔掉一條新買的牙膏，不巧丟進泡著冰紅茶的玻璃缸裡，媽媽叨唸了幾句，一發不可收拾。狂風暴雨過後，媽媽檳榔攤的檳榔被撒了一地，桌子、椅子打翻了，爸爸嘴裡的檳榔汁吐在媽媽臉上，媽媽一張血紅的大花臉，對著爸爸不斷哭叫。

家裡唯一的一面鏡子被打破了，個子矮小的媽媽聲嘶力竭喊著我不相信、也不敢聽的話。媽媽抱著我哭了起來，眼淚隨著檳榔汁流在我臉上……

我想安慰媽媽，卻害怕得說不出話來，妹妹哭著跑出來，抱住媽媽。

客廳電視正在播放《哆啦A夢》，幾個小朋友正在嘰嘰呱呱快樂地叫著……

突然廚房傳來天崩地裂般可怕的爆炸聲，我整個人好像被旋風捲去，膨脹分裂成許多碎片，飛向太空，依稀覺得爸爸、媽媽和妹妹也跟在旁邊，一起坐著雲霄飛車衝去。又是一陣天旋地轉，我們進入可怕的黑暗太虛之中，感覺自己輕飄飄，輕飄飄，比一根羽毛還輕，爸爸、媽媽和妹妹好像都靠在旁邊，彼此緊拉著手……

一個隧道口出現在眼前，出口處美麗燦爛的亮光吸引了我，機器貓跟著一個背上長了翅膀的光人在向我們招手，接著傳來悅耳美妙的音樂，一片絢麗七彩的花海出現眼前，金色的樹和閃閃發光的河流，如夢境、如畫作的青山和雲朵，好多飛來飛去的光人，穿梭在雲裡樹間，活潑又快樂。

「哦，又來了四個同學！」長了翅膀的光人撲打著翅膀，搧起周圍雲煙似的金色落葉，許多透明的小人兒若隱若現，機器貓在一旁好奇地看著。

遠處的七彩雲霧，如夢似幻，又像一張美麗的畫。

往生的阿媽出現了，硬是把我們往外推，兩隻手穿過我們透明的身體，一點也推不動我們。我和妹妹傻傻地站著，許多閃亮的星星就在我腳下流動飄盪，難道我們是踩在眾多星星上面玩耍？

「嘿，你們四位……都該去……天堂A夢小學上課喲！」機器貓說。

爸爸、媽媽、妹妹和我，緊跟著光人之後，飛飛飛，飛飛飛，飛向朦朧雲霧、如詩如畫的仙山之境，好多的小仙子從雲間現身，招手歡迎。我還看到哆啦A夢裡的機器貓。

I　變身總動員

我們一家四口人，就像進入一幅美麗清幽的山水畫裡，成了畫裡的人物。

金色的樹藤、五彩的花串成的大門，金碧輝煌的牆壁，雄偉肅靜的大殿裡，成行列隊站著男女老少十幾人，每個人的胸前都有編號，他們都是天堂A夢小學的學生，從老阿媽、老公公、退伍老兵，到年輕的青少年、小朋友都有。

仔細一看，哇，簡直是一群妖怪嘛！

有的雙腳長達一丈，必須跪在地上，才剛好是一般成人或兒童的高度；有的肚子像顆脹大的氣球，輕飄飄的，隨時都可以飄走，必須在腳上做吸盤，才能穩住身子；有的脖子長得像蛇，伸縮自如，伸長脖子可以頂到天花板，必須把脖子捲縮起來，才比較像個樣子；有的腦袋加裝了鐵籠，頭再怎麼撞，也撞不破；有的背後長了一雙大翅膀，成了鳥人。天堂A夢小學到底怎麼回事？

一大群怪傢伙，每人臉上都掛著同樣的喜樂表情，哈哈哈、嘻嘻嘻、呱呱呱，此起彼落地笑著，成了有節奏的青蛙叫聲，有如樂音。

被叫孔子老師的長者，乘著一道白光劃空而落，白光消散，原來是個白髮三尺，白鬍三尺，眼珠雪亮，全身雪白的長者，大家齊聲鼓掌。

「歡迎來到天堂A夢小學！」孔子老師說，聲音像大鐘敲響。

媽媽、爸爸、妹妹和我，跟著眾人起勁地喊著，機器貓在旁觀賞著，真是奇妙有趣的世界！

孔子老師拉起我們的手，向大家一齊歡呼，鼓掌聲四起，清脆如瀑布，許多月亮和星星的影像在四周的空間跳動。

一身雪白的孔子老師苦口婆心說著道理：「每個來這裡受訓的人，都有一個奇怪的故事，都必須要改變心境，才能找到真正的天堂……才能畢業回家哦！」

「喔，這是孔子老師的老生常談囉～」一個鳥人張開大大的翅膀，倏地從地上飛起來，對著眾同學講話：「新來的同學，要變什麼呢？像我這樣夠神氣了吧！」

「鳥人，你這像話嗎？少搗蛋！」

「喔，難得一家四口人都來了！別吵！」有個聲音嘀咕回應著，說話的人伸長了脖子，一顆腦袋就衝向天花板，再把一張擠眉弄眼的臉伸到我們面前，嘰嘰呱呱說：「叫我長脖哥好了。老師說，我們畢業後脖子就會恢復正常，會縮回去的。」

長脖哥的精采表演讓我們一家人嚇了一大跳。

「你們怎麼會變成這副怪樣子？」爸爸問，我看到他正緊緊握著媽媽的手，跟他們先前吵架的情況，給我完全不同的印象。

「妖怪！哥，我怕。」妹妹驚叫著。

鳥人發出一聲鳥叫似的樂音，得意地解釋說：

「我以前……住在十一樓……一時生氣，就從樓上跳下來……哈哈哈，當時……大概忘了自己沒長翅膀……哈哈哈……太好玩了……太好玩了！現在有了翅膀……不管我再怎麼跳，都跳不死的！」

「那你當初在地球上……爲什麼……不等長了翅膀之後再跳呢？」妹妹掩著臉，從手指縫裡偷偷窺視，大概不好意思出難題給鳥人。

「哦，說得有道理。」鳥人一點不在意，展開翅膀，從我妹妹頭上飛過去，捲起一陣風。

我發現自己可以握住妹妹的人，握得很緊，不會像剛才一樣從我的身子穿過去，我望望自己的身子，覺得很得意，我又恢復了爸爸媽媽動作的樣子，也學著互相拉手。

「那是因爲，你已進了天堂A夢小學的大門。」長脖哥好像了解我在想什麼。

「那你爲什麼脖子那麼長呢？你本來不是這樣吧？」我好奇地問。

「因爲，因爲……」長脖哥支支吾吾的，一時說不出話；「唉，我不好意思說嘛！慢慢你就明白了，我做了傻事，就是……就是……我不應該把脖子伸進一個繩套圈裡……」

「喔，你是傻蛋，才會做這樣的事！」媽媽笑著說。

另外一位高腳弟，踩著高蹺似地靠過來，他的身子本來短小，當他站直兩腿，腳的彈簧一下子彈高了，變成踩高蹺的人。

「你爲什麼要踩高蹺？」妹妹瞪著他，好奇地問。

「我是……不小心掉進游泳池裡。」高腳弟紅著臉彎下腰，把身子變矮些，「我不該不小心跳進水池裡，如果我再下去的話，腳很長，再怎麼深的水，都淹不死我的……」

機器貓挺著圓圓鼓鼓的大肚子，笨笨走過來，向我們行禮，他身邊帶了一個長脖子的小朋友來了。

「人家都叫我氣球妹阿呆，我個子小，不會游泳，卻硬往台中公園的湖裡跳。」氣球妹說得上氣不接下氣：「所以我的肚子就變成氣球一樣輕飄飄，那我以後再也不能搞怪了，我再怎麼跳，都是輕飄飄的，沉不下去呢！」

「那妳當初為什麼想往湖裡跳？」媽媽問，氣球妹妹臉上一陣青一陣白，像被觸動了什麼傷心事。

「不好意思講啦！」有著氣球肚子的阿呆小小聲說：「嗯！大概……大概是……一時想不開……我被繼父欺負了……嗯，繼父失業了……發起脾氣來就用香菸頭灼我的大腿……哦，不要問，我會哭起來的……」說著說著，長串眼淚掉下來，好像在訴說前世故事。

II　恍惚的回憶

我終於漸漸想起之前家裡發生的事情：媽媽爲了爸爸把舊牙膏丟得太早的事情吵架，當了一天司機的爸爸才下班回家，聽得不耐煩，砸了檳榔攤，檳榔撒了一地，爸爸嘴裡的檳榔汁吐在媽媽臉上，媽媽的大花臉在生氣，不久就聞到瓦斯味和爆炸聲，接下來，我們一家人就好像被機器貓帶進天堂Ａ夢小學。

「我懂了，」爸爸好不容易開口了。「來到這裡的人，身體之所以會變形，都是因爲以前做了什麼事，才會被修理的。」

「不會是懲罰吧？」媽媽露出微笑，大概忘了臉上被爸爸吐檳榔汁的事，媽媽的臉光燦可愛。媽媽又說：「而且……每個人都是嘻嘻哈哈的……日子過得舒服，住的像是五星級飯店。」

爸爸搖搖頭，笑起來：「應該是十星級呀……」

他習慣地動嘴巴咬檳榔，嘴中卻是不含一物，又說：

「在這兒不能吃檳榔吧?不過，只要我心裡想，就會有檳榔的味道哩!這裡也有台灣口香糖，味道不錯呢。」

III 漂浮在鑽石河流

這天晚上睡覺的時候，我夢見星星都圍著我，有如流動漂浮的鑽石，我躺在鑽石河流裡，渾身輕飄飄的，讓河流載我到遙遠的世界。許多發光的人圍在四面八方，呢喃低語，有如輕柔的音樂，我和妹妹唱起歌來，爸爸媽媽飛得好快好遠，他們騎在兩隻金色的大鳥上面，不再吵架，相親相愛；機器貓笑咪咪跟著我們。

公雞喔喔啼，啼聲迴響四野，驚醒了一時搞不清這裡是哪裡的我。我還賴在床上，妹妹已經起來，她衝到我床邊，氣急敗壞把我搖清醒，說：

「不得了，哥，你看，我的鼻子怎麼啦？」

「鼻子？」我看到妹妹的鼻子，腫起一顆大大的球，有如番茄大，活像小丑模樣，我忍不住笑起來。

「咦，哥，你還笑，你也是！」妹妹抓著我鼻子上隆起的一團奇異圓球。

爸爸、媽媽聽到妹妹的尖叫，這才發覺他們兩人的鼻子也有一顆滑稽球，他倆面面相覷，就像兩隻受了驚嚇的呆頭鵝。

一個鳥人穿著花枝招展的衣服，飛到窗邊，兩手攀著窗沿，向裡探視，眼睛鼓凸得像青蛙，扮扮鬼臉笑著：

「嘻嘻，歡迎新同學！新樣子！新面孔！」

高腳弟也出現了，他用他的高腳站直了身子，有如是一個踩高蹺的人，高腳弟的頭，正好跟長脖哥的頭在空中碰上了，兩個傢伙頭碰頭，有如妖怪相撞頭。長脖哥生氣地發揮了長脖子的威力，把高腳弟的脖子纏住了，高腳弟悶聲悶氣地喊叫：

「救命喲，我……不能呼吸喔！別……別纏住我脖子啦！」

高腳弟抓了一下長脖哥的胳肢窩，掙脫了長脖哥的糾纏，對著我們喊道：

「哇，你們是呼吸空氣有問題吧，鼻子才會變形？」

「到底呼吸了什麼髒空氣呢？」長脖哥問。

空氣有問題？讓我想起到天堂A夢小學之前發生的事……

喲，是爸爸生氣時開瓦斯桶闖的禍……真難爲情；放出怪氣體太多了，來到天堂A夢小學才變了形！

氣球妹阿呆優雅地飄過來，雙頰紅得像蘋果，雙唇有如櫻桃般可愛，說：

「天堂A夢小學的功課，好好玩哦！大家來看象鼻蟲！」

原來我被取了象鼻蟲的綽號，是因爲我們的鼻子變了。機器貓說，有一種象鼻蟲的樣子像生鏽的鐵，屬於台灣眾多象鼻蟲之中的筍龜，很像是藝術家雕塑的銅器或鐵鑄的作品，全世界已知象鼻蟲有六萬多種，身體長度大約一．五公分到三公分。我們被取了綽號叫象鼻蟲，是因爲鼻子變形。

這種象鼻蟲模樣是夠土的。

IV 喜樂國 吱吱喳喳

太陽起身不久，藍天白雲特別朗麗，山野之外的天空，萬千紅寶石、藍寶石的光芒閃爍，兩艘太空船形狀的風箏放得老高，讓人以爲幽浮來了。

上學了，天堂A夢小學裡吱吱喳喳的，我們每個人頭頂上戴上一頂奇怪的銀色圓頂帽子，聽說是老師藉著它隨時可以觀察我們心境。

課堂上傳出一片嘻笑聲，有人拿著玩具槍指著老師，有人把腳抬到桌上，有人用力踩地板，說是地板有螞蟻在爬。

孔子老師，在電子黑板上寫了兩行發著亮光很炫的字：

我最喜歡的人
我最喜歡做的事

我的腦子裡還沉迷在電動玩具的世界裡，王子騎在三頭鷹背上，怎樣穿過密集的刀劍林、雷射蜘蛛網、火焰蜂，在一隻魔龍的翅膀上營救出美麗的公主，哦，我想到同學美琪圓圓可愛的臉，怎樣在她紅撲撲的腮幫上親一下，就像她媽媽親她一樣，這是我心裡所想的。喔，喜歡的人、喜歡的事都有了，但是我不好意思寫。

坐在我左手邊的長腳哥，在他的筆記本上打出了兩行字，我替他出聲唸著：

「哈利波特……是我最喜歡的人；我最想做……皇帝。」

「我也是！」好多人附和著說，包括爸爸、媽媽、鳥人、長脖哥、高腳弟、氣球妹……

咻！電子黑板上很快地有了感應，大家都抬起了頭，注視著前面千奇萬化的影像，哈利波特拿著掃把在教堂廣場上空飛行。這都是我們所愛看的故事，眞的希望也能像哈利波特一般來去自如，想做什麼事就用魔法去完成。

「現實做不到的事情，在天堂A夢小學是可以幫你想辦法完成的。」悟雲小天使喃喃說著，隨後自己把光頭頭殼當木魚敲起來，以吸引大家注意。

悟雲小天使，一身灰布長衫、束綁小腿的羅漢襪和黑色羅漢鞋，總是一副調皮的樣子，不時露出神祕微笑，他一直是孔子老師的助手，一直以天堂A夢小學爲家。

「我雲遊來到這兒，幫助大家做功課，交了卷後，都可以回家的。」

悟雲小天使隨手一指，眼前的三度空間展現出插天而出的古寺，煙波萬頃，隱約之中青山翠綠，氣象萬千，我們確實感受到身臨仙境的美妙。

悟雲小天使身邊忽而全身發光，讓人目眩，難以注視，待光芒消散，一個幻化而出的清俊金髮少年出現，飄遊在空中。

「你們看他，像不像少年耶穌？」機器貓跟著解釋：「你們記得嗎？最近電視報導過，一位義大利的法醫專家，藉著拼組罪犯容貌的精密電腦技術，把十二歲的耶穌樣貌合成重組出來，聽說是根據一塊耶穌裹屍布上的圖像繪製的，很多天主教徒相信，這塊裹屍麻布印著耶穌的容貌。」

是少年耶穌？喔，我想起來了，報上公布的十二歲耶穌畫像，鼻子好挺，兩眼晶亮，在深陷的眼眶裡發光，長得好帥，偶像人物就出現在面前，少年耶穌和善親切，他跟一般的少年人是沒有兩樣的。

我忍不住過去同少年耶穌握握手，許多人跟著蜂擁而上，團團圍住少年耶穌，長腳哥拔了少年耶穌頭上一根毛，得意地插進自己的耳朵裡，當作智慧毛留念。

V　此地如天堂

少年耶穌右手的指頭在左手臂上的微型電腦板觸按了一下，一個超大畫面在電子黑板上呈現出奇異壯觀景象：

「現在要帶你們去當皇帝……」機器貓神祕地笑著說。

大螢幕上，古時候的皇帝出現了，點著油燈在皇宮裡走動，左右侍衛有人幫忙他搖扇子，皇宮裡好簡陋，沒有冰箱、電視、冷氣、暖氣、電燈、音響、微波爐、瓦斯爐，更沒有沙發、床墊。皇帝坐在馬車裡，身子搖搖盪盪的，大熱天汗流浹背，大冷天哆哆嗦嗦。沒有飛機、輪船、汽車、電腦的世界，皇帝要去遊玩多辛苦呢？

「每個人家裡……都過得比皇帝舒服呢！」我不禁脫口而出。

「喔，皇帝都沒有我們這般享受……」爸爸跟著說。

「皇帝大便，連馬桶都沒有！」媽媽說：「像什麼皇帝？」

「嗯，還不如我們的破爛家……」好多聲音跟著答腔，說著同樣的話。

「還是回到我們原來的世界吧！」妹妹說。

孔子老師和少年耶穌頻頻微笑點頭，把畢業證書投射在大螢幕上。

「哇！天堂A夢小學，我們畢業了！」我們一群人，興奮地歡呼起來。

「哦，天堂A夢怎麼回事？」白衣天使抓住我的手問。

我轉頭看到爸爸、媽媽和妹妹，臉上掛著驚訝和一抹微笑。急診室牆上的電視正在播放《哆啦A夢》。機器貓正在螢幕上比手畫腳的，對著我們微笑。

「醒來就好了！生命可貴喔！」醫生感嘆說。

爸爸、媽媽和妹妹臉上掛著微笑，像太陽一般溫煦。

「哦……這裡才是天堂A夢！」爸爸說：「我們原來住的地方，比皇帝好過千百倍。」

鳥人、長脖哥、高腳弟、氣球妹……他們在急診室的病床上向我們揮手。鳥人說：

「象鼻蟲，以後可要小心……別製造空氣污染喔！」

〈天堂A夢小學〉完

作者按：這篇小說原來是要寫成突破傳統禁忌的少兒中長篇小說，反映現代社會的黑暗面，這可能是被禁止的少兒議題，完成了開頭篇章後沒有續寫，就單獨篇了。其中的詼諧語法，也淡化和掩蓋了黑暗面。一直以爲科幻小說是「成人的童話」，它常常是與青少年科幻或少兒科幻有所交集。被稱爲科幻小說之父的凡爾納的小說，可以說大部分是青少年科幻。史蒂芬・史匹柏的科幻電影諸如《外星人》、《回到未來》、《AI人工智慧》、《侏羅紀公圖》……莫不是老少咸宜。

出賣牛車輪的人

豪宅的客廳裡，一幅美麗的風景壁毯旁邊，掛著一個牛車輪。主人阿吉對來訪的老友得意地說：

「這是我剛從鄉下蒐購來的骨董，這年頭牛車輪可是寶，將來會越來越值錢！」

「我也是來蒐購骨董的，請問，老兄的液晶大電視可以賣給我嗎？」老友帶來的商人朋友，從口袋裡掏出一張名片，金光閃閃。「可以的話，就拿這張卡片，隨時跟我聯絡，只要連摸三下卡片上的微笑臉，我就會趕來的。」

商人臉形削瘦，額頭高聳凸出，有如電影中的外星人，身子矮矮、骨架小小，像隻猴子。阿吉猶豫了一會，接過金名片，好奇審視著，他好生詫異，竟然有人要來買他早想丟棄的液晶大電視當骨董。

「你心裡有疑惑吧？我爲什麼會來買你東西，等你想通了，再與我聯絡好了。」那個高頭凸額商人，好像看穿阿吉的疑惑，站起來準備告辭。

「你等等，」阿吉愣了愣，禁不住向他招手，要他再逗留一會，「你說你要買我的電視機，你出多少錢？」

「兩個牛車輪。」

阿吉樂在心裡。這時節，家家都有了輕便飛機，假如要從事洲際旅行，當然就得搭大型空中巴士，星際旅行則搭太空巴士，從來沒有想過，幾百年前的人曾經使用牛車作爲交通工具，眞正貨眞價實的牛車輪，成爲人們熱烈蒐購的珍寶。

他算算自己過去買的牛車輪差不多是以一輛轎車的價錢去買的，全世界能找到的眞正骨董牛車輪沒多少個，價格昂貴，現在一架舊電視機可以換兩個牛車輪，如果賣了牛車輪，再去買名牌包送老婆，實在太划算了，這生意不幹待何時。有的名牌包可比一輛頂級轎車還貴，老婆帶著名牌包在街上走，就像帶著一棟房子走，她可樂死了。阿吉想著想著，忍不住會心一笑。

「那太好了，太好了！」阿吉說：「我現在就跟你交易。」

「好，我馬上把牛車輪搬來。」

凸額商人到他車裡搬來兩個牛車輪，並把阿吉的舊電視機帶走了。商人的車子很奇怪，形狀扁平似圓盤，輪子可以縮入車體內隱藏起來，外面黑亮，看不透裡面，商人進去車內，車體發出一陣燦爛炫目閃光，教人無法正視，等他們視覺恢復時，圓盤車早已消失不見。

阿吉的朋友喃喃說：

「這一切都太突然了，我只是無意中在商場認識他，告訴他我有個蒐購骨董的朋友，最近買了一個昂貴的牛車輪做裝飾品，他就要求來拜訪你，實在太不可思議了。」

這以後，阿吉發現蒐購牛車輪的人越來越多，市場上一陣旋風似的，都在炒作牛車輪骨董。

牛車輪行情突然被炒熱，骨董市場每天都有人喊價搶購，不知原因爲何，也傳遍了窮鄉僻壤，有些鄉下人爲了發財，爭先恐後到可能留有古代農具的地方去挖掘尋找，偶爾找到

一、兩個，便如獲至寶興奮狂叫起來。

阿吉賣了牛車輪後，發了財，如願買了名牌包送太太，又買了一部最新型的超感應電視機，如果心裡想知道某個星球的情況，無需經過人造衛星轉播，只要伸長天線，自己再戴上一只電極帽子，便可以看到現實世界看不到的事物，雖然影像不會跟一般電視一樣清楚，卻可以滿足好奇心。

阿吉想知道那個高額頭的怪商人現在在何處，於是他把金名片放在電視機上，小心操作超感應電視，希望追蹤到他。

果然，畫面上出現一個凸額怪人，正對著一群人講話，群眾個個目瞪口呆，似懂非懂，只聽見他說：

「各位從今以後可以把牛車收起來，改用耕耘機或汽車來代替牛耕或運輸，因爲我們老祖宗留下來的機器，是幫助我們尋求進步。我們已經找到了老祖宗留下來的世界，他們生活非常奢華享受，我們的牛車輪正在他們那兒掀起了搶購熱潮……」

「混帳！」阿吉忍不住罵起來。「這小子騙了我！」

阿吉趕緊要把那個凸額商人找來，同他理論一番。此刻電視畫面裡，人物景物一團亂，農民呆滯的眼、茫然無措的臉、喃喃不清的語音，好像在討論意見。就在阿吉連摸三下金名片之後，電視畫面影像消失了，凸額商人按門鈴走進來。

「你找我有事嗎？」商人一臉好奇地問：「看你呼叫得那麼緊急，好像出了什麼亂子？」

「你這騙子！」阿吉叫著，一手指著商人高凸的頭額，破口大罵：「你騙了我！」

「我騙了你什麼？」

「你你……」他一時不知從何說起，語無倫次嚷著：「是你這個人攘亂我們市場，是你買走了我的電視機，你不應該這樣！」

「你是說我不應該買走你的老爺電視機？我騙了你什麼？」

「是你這個傢伙，炒作了牛車輪，是你在賣牛車輪！」

「胡扯，是你們的世界喜歡這一套，所以我就投你們所好，還說我騙你？」高凸額頭商人一伸手，阿吉手裡的金名片，像強力磁鐵一般閃電被吸過去，說：「我給你金名片，是我看得起你，沒想到你這麼不講理，狗咬呂洞賓，算了，你不用拿我的金名片了！」

商人說完把金名片往自己口袋一插，轉身就走，飛也似地鑽進他的黑亮圓盤車裡，一陣閃光，車輪縮起，圓盤車消失不見。

阿吉愣愣站在家門口，一切來得太突然了，回想發生的一切，實在太不可思議，恍如一夢。他站在牛車輪前面發呆，想來是自己不對，那個商人只不過拿了牛車輪換走他的舊電視機而已，阿吉對他未免太凶了。

這時候，家家戶戶都以懸掛牛車輪爲時尚，傳說凸額商人自稱從古老廢墟挖到牛車輪，到處推銷牛車輪。算來算去，他可以用一個牛車輪換了一只名牌包，而一只名牌包又等於一間頂級套房，那，他賺死了。

「事有蹊蹺！」阿吉喊著：「這件事可不單純。」

阿吉到處演講，公開呼籲群眾不要搶購沒用的裝飾品，可沒人聽他的，他孤獨而沮喪，最後他找來好友高大可，要高大可想法找到販賣牛車輪的奇怪商人。

「你應該後悔那張金名片被收回去了。」高大可說：「沒有金名片，你就不容易找到他；我想，利用你的超感應電視機去捕捉他的影子，再想辦法找到他吧！」

超感應電視打開，沒有金名片的助力，畫面模模糊糊的，經過仔細定位後，總算發現凸額商人的影像，商人到每個地方都鼓起如簧之舌遊說顧客購買牛車輪，他再以所得買舊電視機或其他東西，這一種魔法，帶來整個世界財富的改變。

終於，他又看到凸額商人給了一個美麗女人金名片。她家附近有一座電視高塔，女人就住在對面。阿吉找到她住處，客廳牆上赫然掛著牛車輪。

阿吉衝口而出：「請問，妳用名牌包換了牛車輪？」

「你怎麼知道？」

「快快，快把他給妳的金名片給我看看！」

「你來幹什麼的？要我的金名片幹什麼？」

「讓我看看，別上當了，我要那傢伙好看！」阿吉以最簡短的故事情節向她解釋了，感嘆著說：「別當傻瓜了，是牛車輪好，還是名牌包好？或者房子好？」

女人似有所悟，把金名片交給了他，他一邊摸摸金名片，一邊說：「我們都該醒醒，找到那個商人好好同他理論一番。」

一眨眼工夫，高凸額頭的商人又出現眼前，直指阿吉大叫：

「又是你，你搞什麼鬼？」

「我們要你說明白，你這樣來去無蹤，拿我們尋開心，又帶走我們寶貝東西，可有什麼企圖？」

「你不相信我嗎？」商人的墨黑臉上浮起驚訝表情，高聳的額頭震動一下，頭髮豎起來：「我帶你去看看，便會明白。」

阿吉跟著他走進輛黑亮扁圓車子，機器開動，一時天旋地轉，讓他暈頭轉向，有如在天空疾行飄飛。不久後風平浪靜，車門打開，外面完全是一幅質樸的農業社會風景，許多拖著犁耙的耕牛，由農人驅策著，在田野間幹活。道路上，許多牛車載著一車一車的電視機走過，阿吉揉著眼，想看清楚是不是夢。

「你瞧！」商人興奮地說，兩滴口水濺到阿吉臉頰：「你的超大液晶電視機是我們的骨董，我們以前也有工業文明，如今回復到農業文明，因此，我們懷念以往的電視機，它純粹是骨董，沒有別的用途。」

阿吉好像被電到一般，呆站著，周遭景象完全不似他原來生活的世界，沒有滿天飛翔的私人飛機，沒有高聳入雲的大樓，沒有活動人行道，沒有爲人類服務的機器人……彷彿這是古代的人類社會，只有在博物館或電影院才看得到的田園風光。

「這是哪裡，這是哪一個星球啊？」阿吉懷疑自己被外星人綁架了。

「這不是哪裡！」商人微笑說：「這是未來，我是搭著時光機回去蒐集骨董的。這是你們的未來，我們的現在。」

〈出賣牛車輪的人〉完

山難傳奇

那一次著名的大學山難事件，歐平是五人中唯一的生還者。女友忌日一週年，他拜託我寫出那一段深刻難忘的回憶，娓娓敘說著往事，帶著我穿過時光隧道的深邃神祕。

我們抵達「中央山脈明珠」的嘉明湖畔時，天色未暗，山中霧氣氤氳，湖水湛藍，美得迷人，映出天上的雲影，奇幻而詭異。阿霞喃喃唸起蘇東坡的詩句：

「天欲雪，雲滿湖，樓台明滅山有無……」

嘉明湖是一座有名的隕石湖，有人說是台灣高山上最美麗的藍寶石，置身此地會一時誤以爲看到四面環山的海。她的神祕來自曾經發生過的悲慘事故，據說二次大戰結束後一個月，美軍的飛機墜落在附近的三叉山，很多人罹難，山地青年與日本憲兵組隊前往搜救，也因爲遭遇狂風暴雨而殉難，因此不時傳來靈異傳聞。

阿霞蹦蹦跳跳的，忽然哀叫一聲倒下去，說是腳扭到了，我趕過去幫她查看腳踝。一抬頭，恍惚間，雲霧裡走來一個揹著小孩的高大漢子，從他臉上深刻的輪廓一望而知是山地人，果然，他自我介紹說是阿美族。

「快走喔，快變天囉！」山地漢子嚷著，他背上看似殘障的小女孩雙眼細瞇，憂鬱地注視我們，偶爾向我們善意揮手打招呼。

阿美青年背上的小女孩卻用著生硬的國語跟我們講話，聲調像老人嗓子，挑起我們深深的疑問：

「當年呀……美軍飛機……失事的地點……在在……三叉山東北方六公里地方，不是……這裡啦……不是不是……嘉明湖這地方啦……災難地點……附近附近……有天然水池……被誤會是這裡……美軍二十六人全死了……搜救的人……也是二十六人全死了……五十二人……五十二人都死了……」

我們聽得毛骨悚然，不明白這個看起來八、九歲的阿美族小女孩為何講出這段悲慘的歷史，又到底有幾分可信度？她的語調奇怪，咬字卻清楚，除了有氣無力之外，講出的話像個有知識、受過教育的成年人。

我們跟他倆分手後，用無線電向基地台輾轉求證，得到的資訊卻是千眞萬確的眞實。

回程時，我們又在山路上遇到揹著小孩的阿美族青年，他招呼我們跟著來到他的村莊，我們在他家做客時，這個看似八、九歲的小孩在恍惚的眼神中，又喃喃說起當年的慘案故事，一邊不停地哭泣起來：

「可憐喲……飛機失事的人和兩批去搜救遇難的，都剛好是二十六人……直到第三批人去搜救……看到一個阿美族青年……屍體在大樹下……一隻疲憊不堪的黑狗……黑狗守在旁邊……守在旁邊……眼神哀悽……正正……在低沉悲鳴向人訴苦哪……黑夠守護著氣絕多時的主人……啊，這這……黑狗被餵了東西吃……也撿回一命……幾天後公祭大會……黑狗沿著卑南大溪……走回走回……村莊……向村民哀哀地訴說……」

小女孩講完就睡著似的，不再說話。山地漢子抱著她躺在竹椅上，低聲說著：

「阿嬤，不要傷心啦！……阿公死了那麼多年啦！」

我們不懂山地青年爲什麼叫小女孩「阿嬷」。分手前，他請我們喝酒暖身，他在微醉中告訴我們一個祕密：

他阿嬷就是那條黑狗的女主人，自從將近六十年前阿公出事後，阿嬷身體就一直在萎縮，看起來越來越像小孩，皮膚不老，內部的器官老了，體力衰弱了，嗓音蒼老了，所以必須要有人揹著她。

我們將信將疑，回程時遇到大風雨，經過吊橋，沿著陡峭的溪谷峭壁邊緣行走，其他人卻失蹤了。直到我遇救，才知同伴四人都死了，說出這個故事，讓我再經歷一次奇詭驚怖的夢幻，我不相信它是眞的，我還要再回去尋找答案……

〈山難傳奇〉完

羽化重生

此刻，裝載我屍體的棺材，慢慢推進入了焚化爐。寶興殯儀館裡，親友聚集，鞭炮與鑼鼓聲轟轟然響起，喜氣洋洋的氣氛完全沒把死神看在眼裡。

這一刻，我看著裝著自己另一副軀體的棺材遭漸推入焚化爐洞口，逐漸沒入不見，洞口的門關起，告別昔日臭皮囊的喜悅，化成了淚水充塞我的眼眶，心裡生起無限快慰與自信，未來時光的華美燦爛盡在眼前。

我不禁鬆了一口氣，這個世界上終於只剩下獨一無二的自己，可以接續原先名叫丁莉莉的身分，重返告別三十年的演藝舞台，但以更年輕和嬌貴的身體活著，甚至可以竊笑那些耗費巨資和時間美白整容的女子，她們的老化無異是與死神無時無刻的拔河，且最後無法避免遭受死神的踐踏，更別說讓青春美貌停駐。

小女兒依婷和她爸爸捧著鮮花，站立在我面前，莊嚴地向我獻花，他們是在迎接一個新註冊生命的啓用。

「好美啊，丁莉莉好年輕啊！讓我親一下！」有如破繭而出的蝴蝶，經歷了美麗蛻變，是新生命的開始，也是舊生命歸於自然虛無，還原於造物者的一刻。

曾經小我二十五歲的老公，當年與我結婚時引起了社會轟動，也帶給我沉重的壓力，所有的報章雜誌和電子媒體常常拿我們的婚姻作爲娛樂笑點。

此刻，他的呼吸聲在我耳邊急促起伏，喉管呼嚕呼嚕響的熱情燃燒著我的心，儘管過去得到他千百個擁抱和熱吻，這一刻，面對逐漸步入中年的他，我想起的是布萊德．彼特主演的《班傑明的奇幻旅程》中，一個出生時逐漸由老邁變回年輕的男人與正常女人的遭遇。此刻，我卻因爲興奮自己的重生而恍惚、飄飄然。

回到家，我面對的是自己兒女對我異樣的眼光，生活上的格格不入，顧不得這些科技與人倫的衝擊，開始炫耀自己的年輕，而與自己兒女輩朋友玩得不亦樂乎，不免讓老公引發了後悔的想法，是他把一生的積蓄提供給我，讓我有機會複製自己身體與記憶，並且取得再生註冊，也申請到了火化自己舊軀體的資格，得以順利地把自己原來的身體作廢捨棄。

「丁莉莉永遠不老！」復出舞台之後的我，在媒體渲染下，帶來「莉莉旋風」和「美麗神話」，如果有一種語言可以形容什麼是青春之樂，只有我能唱得出來：

太陽升起，沒落，升起……

生命永恆美麗
死亡之後是生命的黎明
有如黑暗中升起的太陽
你擁有第二副軀體
某一天
目送自己朽壞的身體火化

有如蝴蝶羽化

時光如梭，轉眼又過了五十年，當我感到年歲增長的壓力再度出現時，又需要再一次地羽化重生。人們已經習慣於在殯儀館慶祝迎接新註冊的生命，就像當初手機剛發明時，能夠用得起手機的沒有多少人，之後卻逐漸成爲每個人的必備流行，如今能夠花費這筆錢讓自己擁有另一副複製的身體，已是稀鬆平常的事。只有像我小女兒依婷頑冥不化的腦袋才會有保守不變的堅持，那是自認爲舊世界固有倫理的保衛者，堅持死後回歸天家享樂，反對複製人體和記憶轉移，反對違反自然天命的邪惡科技。

寶興殯儀館裡，親友聚集，喜氣洋洋，鞭炮與鑼鼓聲響起。

我目送著裝載自己屍體的棺材進入焚化爐，這一刻，作爲舊身體的我，與重新複製了另一副身體的年輕的我，在記憶轉移機的運作下，再度啓動了火化重生系統。這回，當我的舊身體被推入焚化爐時，我的意識之海中閃電與暴風雷鳴交加，等我意識恢復張開眼睛時，發現自己的心靈停駐在一副衰老的軀體上，正是自己的小女兒依婷。

〈羽化重生〉完

陰陽震

心有靈犀一點通，正是我與老公常有的感觸。

「甜心，我的另一半！哪一天我要是出了意外，妳一定馬上感覺到的！」愛情長跑了五年，決定結婚的那晚，他不經意這樣說，我用力捏了他一把。大偉所以這樣說，大概了解到他的商務工作即將轉移到紐約去的關係。

自從老公到了半個地球外的紐約之後，夫妻相處點點滴滴的小口角、不愉快，早已被彼此的惦記之情所淡化、掩蓋，利用電腦網路的溝通，成了夫妻相隔兩地的甜蜜電子相遇，兩個遙遠世界的相互靈通。

每隔一、兩天，晚上十點以後，盯過兩個孩子的功課、囑咐孩子明天該準備注意的事項之後，我唯一的安慰便是與孩子的爸網路連線，那是他處理商務時，抽空利用辦公室的電腦與我即時以網路攝影機對談，或文字的交流筆談。雖然彼此相距半個地球，台北時間與紐約夏令時間，時差十二小時，正是地球兩邊的「日夜顛倒」時刻，也可說是「一陰一陽」的兩相會；只要大偉在辦公室不忙的時候，他總會在網路攝影機上露臉，和家人於萬里之外電子相會，音容笑貌如在眼前。虛擬的眞實，日夜相會，無限樂趣。

那個椎心入骨的難忘夜晚，我照樣忙著家事，正在幫小麗洗澡時，猛然聽到客廳傳來一陣稀里嘩啦聲，念小三的阿雄在大叫：

「倒下來了，倒下來了……」

我探身一看，原來阿雄在客廳玩耍，摔了一跤，地毯上堆疊的方塊積木散落一地，原是一棟蓋好的摩天大樓已崩塌不見，幾本介紹美國風光的圖畫書也從矮櫃上掉落四散，一杯果汁傾倒下來，客廳頓時像被亂槍掃射過一般凌亂。小孩的爸爸大偉提起過，在美國紐約做事，爲了洽公的需要，經常要到紐約世貿中心跑動，我們大夥兒就堆疊起摩天大樓，想像著置身摩天大樓的感受，現在堆疊的積木崩塌了，本來也沒有什麼奇怪的……

我扶起一臉驚惶、不斷咳嗽喘氣的阿雄。

「我看到爸爸，我看到爸爸要去辦事……」阿雄的臉貼在地板上的一張彩色照片，那是他爸爸從美國寄來的生活照，正好貼在大雄臉頰，我把照片拿開，見他恐慌地看著照片上爸爸的臉，問他怎麼回事，他說不出話來。

家事如戰事，兵慌馬亂，等我把小孩安頓好，打開電腦與大偉聯繫，在大堆的廣告信件中看到一封大偉的伊妹兒，信件主旨寫著怪怪的亂碼文字，迫不及待打開時，裡面是一片空白，等我再回到原來的寄件人尋找大偉的名字時，它也不見了，我還以爲是一時眼花。

同一時間，我聽到阿雄叫嚷著：

「大樓倒了，大樓倒了！」原來他打開了電視，正看著剛剛發生的九一一驚爆事件。我瞥見客廳的時鐘指著十點零五分，想起大偉今天就要到世貿中心去。

我嚇得魂飛魄散，抱著阿雄哭了起來……

〈陰陽震〉完

幽默大師

他已經八歲了，卻是個瘦小、易怒、霸道、不容易和人相處的孩子。平常最喜歡打電動玩具、看漫畫書和卡通片，對書本可一點也沒有興趣，根本看不出有可能成爲未來的傑出人物，他的父母親很是操心，有時候爲了管教林語堂的拙劣行徑而吵得不可開交。

當初他的父親爲他取了一個上世紀在台灣被譽爲「幽默大師」的林語堂一樣的名字，就是因爲他在娘胎裡，受了胎教，做母親的爲了使孩子有傑出偉人的氣質，不斷地在讀林語堂的著作，學習大師的幽默談吐。他的爸爸是個不苟言笑的人，媽媽脾氣也夠暴躁，兩個人在一起，常常像兩顆炸彈一樣隨時引起可怕的爆炸；如果家裡有一個小孩像從前的幽默大師林語堂一樣的甘草人物，一定可以調合這兩顆不定時炸彈，成爲兩顆可愛飄飛的氣球。

老爸看看小傢伙實在不妙，就帶著小傢伙去拜訪超級電腦公司，把一百年前誕生的林語堂的英靈請了出來，這部超級電腦儲存了老林語堂的知識、思想和智慧，等於是林語堂的心靈還活在電腦裡面，只是林語堂沒有身體罷了。

「請問林語堂大師，我的兒子與您同名同姓，我的太太爲了生他，也是以您作爲胎教的藍本，爲什麼就是不能像您一般出類拔萃，還是一條可憐蟲、頑皮的小搗蛋？」

「一樣的牌子，不一樣的公司！」

「那，那……」小林語堂的老爸口吃起來，他有被羞辱的感覺。他再問了些問題：「我和太太用盡所有方法去教導他，希望他能夠多像您一點，就是不知道爲什麼總是失敗……」喋喋不休地說了幾十分鐘他的教育觀念，好像沒完沒了。

「不錯，老兄，你的『生活的藝術』，難道就是『無所不談』？談得未免太多了！」電腦裡林語堂的聲音就是一貫的溫文爾雅，電腦螢幕突然閃了幾閃，放射出幾道強光，老爸一時為之目盲，幾乎嚇呆了。

「教訓兒子，要像女人的裙子一樣，越短越好。」兒子說的話竟然變得老氣橫秋，有如電腦裡的大師林語堂的語調。老爸一時啼笑皆非。

原來兒子讀到螢幕上出現的一句話，正是林語堂的名言：「演講要像女人的裙子一樣，越短越好！」

〈幽默大師〉完

科幻之母的嘆息

二〇五一年二月一日，地球上最先進的科學家，安排我接受一個祕密實驗，讓我進入人類集體無意識的世界裡，尋找一個叫瑪麗・雪萊的英國女人——她就是世界「科幻小說之母」，希望藉著我這個科幻作家與她溝通，找到當年她創造《科學怪人》的祕密。這部小說兩百多年來準確預測了科學進步帶來的惡果，幾乎所有嚴肅的科幻作品的主題意識，都有「科學怪人」的影子。

這時地球剛剛發生了智能機器人失控事件，造成比電影《機械公敵》更嚴重的災難，或許瑪麗・雪萊有所解釋，可以指引迷津。

我的腦袋和身體，被接通了無數電極，與最新型的量子電腦相通，恍恍惚惚看見幻化萬千的形體和臉容，如鬼怪、幽靈般在太虛中飄盪，我認得出來的有艾西莫夫、愛因斯坦、費曼、胡適、吳大猷、毛澤東、孫中山、鄧小平、邱吉爾、羅斯福、川端康成、鄧麗君、李小龍、貓王普里斯萊、約翰・韋恩和數不清的各類人物、動物和野獸生物。

寫過將近五百本書的科幻科普大師艾西莫夫，對我的來訪有著無比好奇和興趣，我請教他科幻之母的下落，他也一問三不知，跟屁蟲似地尾隨在我後頭。

飄呀飄地，飛呀飛地，越過或穿透摩天大樓、崇山峻嶺、森林巨樹、湖泊海洋、岩石地層，瞬間快意飛馳，旋轉變身急如閃電，努力尋找再尋找。

「喔，往地獄湖飛吧！」英國偉人邱吉爾咬著菸斗，指向一處火焰燒紅的天空下面，那兒有許多巍峨錯列的山峰，盤旋著數條閃亮火紅的金蛇。

魔幻妖火四竄的地獄湖裡，我徬徨亂竄，與各種牛鬼蛇神衝擊擦撞。

直到我看到科學怪人活生生出現眼前，後面還飄站著人山人海的科學怪人，我一時魂飛魄散，趕緊反向逃竄，反正天涯海角任我飛嘛，最後我縮入北極冰山裡躲著，屏息觀看動靜，腦門閃過一道念頭：這不就是原著小說中科學家弗蘭肯斯坦被科學怪人追到北極殉難的所在地？

一瞬間，還沒有讓我繼續思考的餘地，我便被科學怪人的兩手抓住，有如小雞被老鷹逮著，教我動彈不得。艾西莫夫卻在旁邊乾瞪眼，見死不救。

「哈哈哈……我們早知你來意啦……你瞧！」科學怪人笑得開心又詭異，指著身後突然變幻出的奇景……

轉眼間，無數的科學怪人從四面八方包圍過來，他們把瑪麗．雪萊和另一個女怪物帶來，在我面前好整以暇站著。

我簡短說明了來意，最後問：「機器人控制人類，造成許多危害，不知妳有何想法？」

「謝謝你來看我呀……」瑪麗．雪萊非常難過傷心，頻頻啜泣嘆息說：「今天是我來地獄湖的兩百週年紀念日……他們才准你來探望我……因爲我的小說還有另一個版本……祕密被出版，情節被模仿了……就是科學家弗蘭肯斯坦爲科學怪人製造的新娘，實際上並沒有銷毀……」

艾西莫夫在旁邊低聲插話：「瑪麗．雪萊是在一八五一年二月一日去世的。」

「哦，科幻之母，妳說科學怪人還有另一個不同的結局？」我問。

「不錯，科學怪人結婚了……多子多孫……遍布地球、銀河系。」

「我懂了，怪不得……」我記得原著《科學怪人》有過科學家為科學怪人製造另一個新娘的情節，但是弗蘭肯斯坦害怕帶來可怕的後果，把新娘消滅了，卻造成科學怪人的憎恨報復之心，弗蘭肯斯坦一路追蹤科學怪人，最後不幸凍死在北極。

「這另一個版本，情節是相反的……」瑪麗·雪萊沮喪地說：「科學界不斷地模仿我另一版本的故事情節……終於發生機器人大災難……我也註定要在地獄裡煎熬一千年……」

瑪麗·雪萊哽咽著，再也說不下去了，抱著我痛哭起來。

科幻小說作家艾西莫夫在旁邊生氣地嘀咕：

「難怪我的機器人三定律，控制不了機器人！」

〈科幻之母的嘆息〉完

混沌

「深呼吸，深呼吸……放鬆你的身體……放鬆每一根手指頭……」

「放鬆左右大腿……左右小腿……每一根腳趾頭……放鬆你的額頭……肩膀……深呼吸……再深呼吸……」

「想像自己看到前面有一道光……倒數計時……十……九……八……七……」

「回到從前，回到從前……很小很小的時候……」

他的眼皮漸漸沉重，聽到催眠師的聲音有如遙遠山谷傳來的風聲，意識逐漸朦朧，穿梭在時光的迷霧裡，順著那輕柔呼喚，回到從前，回到非常久遠、非常久遠的從前……

現在他的意識進入半朦朧半清醒的狀態。於是，縱使是小時候遊玩時一次偶然的跌跤，地上幾顆石頭的樣子，或是爸爸媽媽在夜色迷人的庭院裡，抓著他的小手數星星時哼著的沒有歌詞的小調，他還是記得，還是記得，清清楚楚地身歷其境，而訴說著童年往事。有如唱針找到了古老記憶的紋路，發出原音。

「哇哇！」他哭了，是一長串稚嫩嬰兒般的聲音。他才生出來，脫離母親的身體，母親溫柔迷人的眼神看著他，還有微笑時的燦亮的臉，有如和煦可愛的陽光。

時光回流，他就像剛剛生下來時，拚命地鼓脹著胸部呼吸，大哭不止。護士把他放入透明的保溫箱，許多剛剛降生的娃娃也在各自的玻璃房子裡，無聲無息地呼吸……

「再回到更遠的從前，越過出生以前吧……回到出生以前的許多年……」

催眠師的話像風的呢喃和嘆息，繼續催促著，他意識的焦距固定了，終於看到了一輪燦爛的紅日，正貼近海平線，在海天連接之處，散射萬道霞光。

現在，他是個瘦弱年輕的爸爸，牽扶著太太和兩個寶貝孩子，在碼頭邊擁擠的逃難人群裡，巴望著即將進港的船隻，突然，聽見頭頂上嗡嗡嗡響著，一群紅日記號的飛機低空掠過，一顆炸彈掉下來，眼前一片血光和暗黑。

「哦，我被炸死了！」他很驚恐地駭叫了起來，終至嚎啕大哭，那是某個前世一次悲慘的死亡的記憶。

「在時間的洪流中，每一世代的人生有如一個又一個的夢幻泡影。」催眠師的聲音如風般輕柔，穿越了他的意識底層，他繼續感受到溫婉的推力，把他捲入時間的漩渦中。

「再往前飛過去吧！探索生命的最初底蘊吧！一百年，一萬年，百萬年……」

眼前似乎是洪荒時代，到處都是穿著獸皮的原始人，大家聚集在山洞裡。「他」現在是一個挺著大肚子的女人，在熊熊的火光中──「她」靠坐在岩壁，兩腿張開，等待生產，而後，外面一陣吼叫吶喊，幾名穿著獸皮的男人衝進來，和裡面的幾個男人一陣廝殺毆鬥，她被別的族人搶走了，在半路上她感到自己的下腹部爆裂開來，血流如注，她整個身體幾乎被撕開了。

「可憐的生命，離開做人的苦楚吧，再往前飛越過去，千萬年，一億年，十億年……」

「它」現在是一株在海底火山口的植物，在它被大小魚類摧殘之後，脆弱得連掙扎呼喊的力氣都沒有了。

「再往宇宙的本源深處倒退疾行吧！意識再努力……再努力……到達最初的三分鐘，兩分鐘，一分鐘……回到宇宙的開端……了解創造的奧祕吧！」

現在它是無垠的空間中以光速般倒退回流的粒子，朝著艷熒光暈的中心飛馳，它感到渾身火熱，就在抵達時間箭頭的起源之處，催眠者的聲音要求它「越過開端」，頓時意識的畫面有如關掉電源的電視，成了空白虛無。

這已經是第N次的實驗，總是沒法越過那最初的混沌。

〈混沌〉完

黑洞密碼

他，癱瘓蜷縮的身體，脊柱側彎而駝背，瘦弱得像一尾壓扁曬乾的魷魚，四肢似一團盤整過的麵條……

他，卻是全世界頂尖的物理學大師，身體隨著四肢服服貼貼依附在輪椅裡。當他沉思宇宙奧祕時，讓人以爲氣若游絲，深邃發亮的雙瞳，炯炯有神，通達他超乎常人的智慧大腦，照見他所發現的引以爲傲的「迷你黑洞」，讓人自然而然聯想到他的雙眸就是神祕黑洞。

許多年前，病變逐漸使身體退化，不得不拋掉手杖坐上輪椅，他盡可能獨力行動，拒絕別人的協助。他住在劍橋的一間低矮的連棟住宅，人們常常看到他頑強地爬上屋前的一段階梯，總得掙扎十五分鐘時間。他身上唯一稱得上比較靈活、可供意志隨意運作的器官應該就是腦袋和舌頭，講起話來，必須靠著電腦語音合成器的幫助，才能把他絞盡腦汁破解的宇宙密碼加以闡釋，流洩出的語句聲音，跟他發表的論文一樣晦澀，少有人聽得懂，想親近大師的人有如聽乩語一般，如墜五里霧中，只有他身邊的研究生助理，可以了解並加以翻譯。

「跟他相處五分鐘，相當於跟一般的物理學家相處一小時。」助理誠懇地說，一再表明所言不虛。

「爲什麼要研究黑洞？」經常有人問他同樣的問題。

「爲什麼有人要爬聖母峰？因爲山就在那裡。」他以淬煉過的思緒回答，經過翻譯之後的表白，簡潔清晰有如禪偈。

「一九〇八年六月三十日，發生在西伯利亞的神祕爆炸，有人說是外星人的太空船墜毀，其實更可能是一個迷你黑洞。」他的貼心助理習慣地補充大師的說法：「它可能從西伯利亞地表穿過地球，而從大西洋破海而出，飛向太空而去。根據記載，這次恐怖的爆炸發生在通古斯的塔伊加地區，六千平方公里範圍的森林被剷平，一截爲二，巨大的聲響傳到了一千公里以外，估計它的威力是廣島原子彈的一千倍。」

每個來訪的人，眼睛都睜得大大的，有如兩個深邃黑潭，神祕黑洞。

冬日的陽光下，他坐著輪椅徜徉在藍天白雲之下的碧綠草坪，閉目沉思，凝聚思維，先是進入宇宙混沌初開，無中生有的美妙，繼之，腦袋裡點亮了宇宙中所有的銀河系和億億兆兆顆星的光芒，神經網路演示了黑洞裡五光十色的奇景；有時，物質像通過颱風眼一般穿越蠹孔，由另一個時空噴濺而出，於是，在白洞吐出的物質和能量，在出口處形成蜷曲的空間，有時黑洞飢不擇食吞噬毀滅所有落入其中的東西……

眼前無數星光轉動，藍色的恆星、星際塵埃、微中子、物質、反物質、純粹的輻射，全部被黑洞所吞噬，黑洞附近也出現旋轉的氣體雲，沿著旋轉軸塌縮，形成一個扁圓盤，環繞洞口旋轉，彷彿排水孔周圍的水流。他領悟到宇宙起源於某個裸露而荒謬的奇異點，恰似時空結構裡的小針孔，大霹靂的由來所在。

他，一個被稱爲愛因斯坦第二的深思睿智的哲人，在輪椅上的身子越縮越小，有如埋伏著微黑洞的身體，生命逐漸被吸乾啃盡，他，本身就是藏著宇宙奧祕的黑洞密碼。此刻，他又想像著太空人進入黑洞之後的情景：在各種可怕作用力的強力拉扯下，身子被壓扁拉長，有如曬乾的魷魚，長長的麵條……

〈黑洞密碼〉完

作者按：關於狹義相對論，以接近光的高速度在太空中飛行，造成的時間膨脹效應（俗說「時間變慢」如天上一日，地上千年），成爲汗牛充棟的科幻題材，科學理論上，到未來世界是可行的。根據美國著名的天文學家卡爾・薩根的計算，我們可以在二十一年抵達本銀河系中心，二十八年抵達二百三十萬光年外的仙女座星雲，甚至還可以在人類有生之年的五十六個太空船年，環繞已知的宇宙一周，而當我們回到地球時，會發現地球只是一團燒焦的灰燼。一九〇五年愛因斯坦狹義相對論發表的前期，（有人說，其實應該稱爲「光速不變論」或「不變論」才合適）。一八九五年英國威爾斯的《時光機器》，被稱爲第一部合乎現代科幻小説定義的作品，一八九九年馬克吐溫《亞瑟宮庭的康州佬》則是奇幻式的時光旅行。狹義相對論之前，科學上已有許多時空理論的奠基者，廣義相對論則是愛因斯坦的獨創，近年著名的經典科幻電影《星際效應》，表達了穿越黑洞、蟲洞旅行、重力扭曲造成時間膨脹的概念，一場太空旅行回來，父親比女兒年輕。本文《開天闢地》發表於一九九一年八月三十一日「時報文學周」，主流文學有時也能接納科幻小說。

新大霹靂

萬般起伏的思維，如波濤般洶湧著。身爲科幻作家，總是保持自己原有的興趣，我在宇宙網路館快速瀏覽了號稱所有星球裡的智慧生物寫的科幻作品，這才發現，沒有形體的自己是活在虛擬世界裡，也才想起，我是在一千年前於月球的嫦娥城遭逢意外事故後，預先灌錄的心智檔案被我妻子尙蒂送入虛擬世界裡。

一千年來，我在混沌夢幻中飄蕩著，猶如南柯一夢。以前的人常說人生苦短，卻沒想到千年一瞬，往後我還有無數無數的一瞬，漫長而永恆，絕不短暫……

「永生，你已經永生了！」尙蒂的話，從遙遠的天界傳來呼喚，迴響在星際雲間霧裡，灌入心中迴盪著：「我也會跟著你永生的！我來了！」

她說話的聲調，千年之前和千年之後，沒有差別，既溫柔又莊重。

茫然觀看周遭，急急尋找尙蒂的美麗蹤影。她出現了，張開雙臂擁抱我。

感覺自己置身於奇異荒誕的鴻蒙世界，卻可以與眞實具有形體的人類世界相交集，隨時交談，思想交流。

「人類文明快速進展，科技已經逐漸征服過去認爲的許多不可能。」尙蒂說：「自然界的許多不可思議，也都已揭開謎底，人類子孫散布到不同的銀河系；科幻作家早已面臨失業的危機。」

「放心，既然永生了，還擔心什麼生計？」我說：「我可以不必再當作家。」

「沒有不可能，就沒有夢想；只要有夢想，就有科幻。這句話可是你說的！」

「我記得！」

千年之前，我曾說出了這句至理明言，一直被奉爲圭臬。到了今天，歷代無數科幻作家所構想的點子，都已變成了事實，比如太空電梯、製造黑洞、重新排列星星、時光旅行、人與機器人合體、長生不老等等，諸多夢想早已不是夢想，甚至有人不需要身體也可以存在虛擬世界裡，就像我一樣地自由自在……

人境可供夢想的事物卻越來越少，當「不可能的事物」逐漸減少之後，自然界能夠用來提供科幻作家寫作的題材已逐漸枯竭，科幻作家挖空心思尋找、再尋找，發現再也沒有稱得上新鮮的點子可以拿來科幻一番，供作智慧生物欣賞娛樂，或陶冶性靈。人間夢想不再，世界再也不需要科幻。人間天堂來到，好多人就選擇脫離血肉之軀，躲進虛空裡，成爲神一般的存在。

「到底還有什麼事是不能的？」尙蒂的思維與我的思維糾纏連接著，不斷地思考鑽研著同一問題。

然而，個人可以長生不老，卻必須與宇宙同生死，不可避免的是，當宇宙結束之日，也是生命毀滅之時。爲了破解這項不可能，我和尙蒂合作，要把一本過去我寫的《新大霹靂》科幻小說化爲事實。小說是根據著名物理學家約翰・惠勒（John A. Wheeler）、宇宙暴脹理論創始者古斯（Alan Guth）等人所曾經探索過的概念寫成的：在實驗室中創造新宇宙，也許是有可能的，我們的宇宙剛誕生的10^{-43}秒之際，本來比一個質子還小，之後，暴脹成今日的宇宙。我們也可以利用同樣的原理創生新宇宙。

在現實裡，位居於太陽系邊疆地區的殖民地，有人使用超大型的粒子碰撞加速器，做一次史無前例的「新大霹靂」實驗。我和尙蒂手牽手、身體纏繞身體，扭成一團，化成了能量速，化成了光，鑽入加速器裡，在超高速旋轉下，進入一個奇妙的新天地……

「要有光，就有光！」萬千同一訊息，此刻以意念灌注方式瞬間來到。

原來我倆已進入另一個宇宙，開創另一個洪荒玄黃。

尙蒂和我都感到驚訝，我們終於在人類科技操作下完成了「新大霹靂」。

我愛尙蒂！尙蒂愛我！

〈新大霹靂〉完

鋼管

阿青迷上了火辣辣的鋼管秀，每次觀賞都讓他神魂顛倒，血脈賁張，身體上所有器官幾乎要在瞬間腫脹迸裂，以他的專業思維，很快地讓他想像自己渾身億兆神經元的突觸，瞬間緊急暴脹，以致他得以完成一次興奮的勃起和發射。陪他在旁邊觀賞的雅雯，直覺得不對勁，至少這種色瞇瞇的眼光是她所不曾接收過的，難道與他鑽研的「心物連結」理論，有什麼相關嗎……

著魔了？鋼管秀讓他追求科學眞理的道路更遙遠了。這世界上有什麼比看得到吃不到還過癮哩！阿青就是愛那鋼管秀的調調，經常躲著看A片，想著自己愛人的肢體，或任何一個夢幻女郎——尤其是鋼管女郎表演時的撩人風姿、肉感的體態，想著她身上的每一吋肌膚，想到流涎，內褲也濕了。他的「心物一元」理論也在腦海深處浮現了「連結點」，他的探究有了新啓示。

「阿青，你要死了？你又走火了！」愛人摟著他，檢查他的寶貝，把他搖醒：「爲什麼不找我？」

難以遏制的虛無感，摸不到自己眞正需要什麼，或許是想要有心靈與情色雙重滿足吧，再多的 做愛只是徒然消耗體力，讓自己虛脫，製造更大的心靈空虛罷了。跨入二十一世紀之後，講究聲色享受，炫耀自己更是年輕生命的必然，寂寞無聊常是體力旺盛者的專利，好多人想盡辦法奔放肉體，眼目所及，無止境地追求刺激成了正常的消遣和解放。

雅雯緊摟他，流淚親吻他，心有所悟；幾個月後，愛人也變成了鋼管女郎。

現在，阿青成了鋼管秀的愛好者、痴迷者，每逢自己愛人表演必去捧場，他也欣賞愛人以外的曼妙肢體，那些穿著丁字褲的女郎如何在那根幸運的鋼管上火辣扭轉、倒掛金鉤，極盡挑逗之能事，讓所有的男人在驚狂吶喊中流口水。

啊！爲什麼這樣？阿青總是不滿意人生，總想窺探宇宙奧祕。直到他的「心物連結與共振」理論完成，並且據以發明了一種神奇的機器，可以將人的心靈投射在物體上，眞實體驗物體或生物的感覺。阿青第一個想到，要投射的對象……

「我要成爲那支鋼管！」對著香艷表演，他喃喃叫著，好像突然明白自己的眞正需要，想像著自己是那根鋼管的快樂和滿足。使用心物連結器讓自己的心靈投射在鋼管上，等於讓自己幻身成爲那支女郎把玩的鋼管，將是絕妙無比的體驗。

「要要……要多少錢……才才能，才能成爲那支鋼管？」坐在阿青旁邊的醉漢搭了腔，口齒不清，色色的眼轉過來看著他。

〈鋼管〉完

太空驚魂

哇！太空旅館，我們來了！

二〇七五年——羊年大年初一，我們兩對情侶——四名男女大學同學，實現了太空夢。

我們經由透明的管道電梯，走向人工重力區，參觀過電影院、餐廳、遊樂場，再到微重力的大客廳去玩空中飄浮追逐遊戲。之後到了古風茶館，同行老友王飛的女友出了怪主意，說：

「來呀！玩玩碟仙，太空中感受不同的，等下再做愛去！」她可說得理直氣壯，一點也不臉紅。

明淨的窗外，掛滿了星星，彷彿一伸手就可以摸得到、抓得到，只要強力玻璃不擋住你。這是飄浮在距地球大約三百五十公里軌道上空的神奇美麗太空建築，從窗外可以看見整座太空遊樂園如巨大車輪的精巧環狀，晶亮輝煌，在藍色地球之上，燦爛的星空包圍之下，看來何止巧奪天工！

太空中玩碟仙，這可是個奇妙的主意。碟仙出了六個字：「羊年美麗煙火！」

突然，碟子急急旋轉，飛出桌面，掉落地板後還打轉幾下，周遭變得奇冷無比，我們還聞到一陣烤焦肉的味道，四個人嚇壞了，每人都起了雞皮疙瘩。

我們回到選定的無重力區居住、做愛。這是太空旅行流行的享受，據說這是從本世紀初台灣的車床族運動所形成的思維，一直沿襲至今，人們根深柢固的潛意識衝動，每一對想實現太空旅遊的情侶，嚮往的就是這一刻。

好刺激、好銷魂的一刻，有情人住在這兒，做愛做的事，才眞是飄飄欲仙，仙仙欲飄……太空旅館飄浮經過台灣上空，我們睜大眼，注視著自己的老家，想著所有的親戚朋友，正在羨慕我們太空仙侶。

我和佳玲迷迷糊糊間相擁，兩人身體糾纏著，飄浮在空中睡著了。噢，連睡覺都是美妙無比的經驗，誰敢說這裡不是天堂？

突然間，我們被一陣驚天動地的爆炸聲驚醒，不知來由的閃光令人目盲，等我們睜開眼睛，驚魂甫定，隨之傳來一串串幽幽的哀號，七個血肉模糊的美國人，五男二女，血淋淋飄浮在空中，我和佳玲都發起抖來，彼此抱得更緊。

一切都平平靜靜了，恍惚中回到現實，竟然什麼也沒有發生。

「我們剛才是在作夢吧？」佳玲咬咬我耳朵，輕聲說。

「嗯，不……不是吧！」我的嘴唇在發抖。

在隔壁做愛的王飛和他伴侶，來了視訊電話說出剛才同樣遭遇。我們很快經由超級電腦連線查出謎底，那是有關七十二年前太空梭空難事件，讀來令人毛骨悚然：

「羊年人間最美麗的煙火」這句話，來自二〇〇三年美國哥倫比亞號太空梭爆炸事件發生後，某大國網路上的恐怖揶揄咒語。

〈太空驚魂〉完

黃海文學足迹

獲獎紀錄與亮點

一九六九　全國社會優秀青年獎。

一九八二　中國文藝獎章小說創作獎。

一九八四　《奇異的航行》獲洪建全兒童文學創作獎（第十屆少年小說組首獎）；
《奇異的航行》獲中小學優良讀物推薦。

一九八五　《嫦娥城》獲中小學優良讀物推薦。

一九八六　以《嫦娥城》獲得中山文藝獎。

一九八七　《機器人風波》獲中小學優良讀物推薦。

一九八八　《地球逃亡》獲中小學優良讀物推薦；
以《地球逃亡》獲得東方少年小說獎。

一九八九　以《大鼻國歷險記》獲得第十四屆國家文藝獎（舊制）；
以〈第三只腳的味道〉獲得第一屆海峽兩岸中華兒童文學獎；
以《航向未來》獲得第二屆中華兒童文學獎；
《大鼻國歷險記》獲中小學優良讀物推薦。

一九九一　《時間的魔術師》獲中小學優良讀物推薦。

一九九四　《秦始皇到台灣神祕事件》獲中小學優良讀物推薦。

一九九五　以《尋找陽光的旅程》獲得中山文藝獎。

一九九六　《誰是機器人》獲中小學優良讀物推薦。

二〇〇四　《千年烽火奇幻遊》獲中小學優良讀物推薦。

二〇〇五　以〈父親的神祕文物〉獲得大墩文學獎散文獎二獎。

二〇一〇　以〈尋找幻氏家族的榮耀〉獲第一屆全球華語科幻星雲獎最佳評論獎。

二〇一二　以〈時間畫廊〉獲得第四屆全球華語科幻星雲獎最佳科幻短篇小說獎。

二〇一四　以《科幻文學解構》獲第五屆全球華語科幻星雲獎最佳科幻評論獎。

二〇一五　以《奈米魔幻兵團》獲得第六屆全球華語科幻星雲獎最佳少兒圖書獎。

二〇一七　以〈躁鬱宇宙〉獲得第八屆全球華語科幻星雲獎最佳短篇小說獎。

二〇一八　以〈冰凍地球〉獲第九屆全球華語科幻星雲獎最佳少兒中長篇小說獎。

二〇一九　以《宇宙密碼──25篇星球科幻童話》獲中小學優良讀物推薦。

特殊創作和表現

一九九四　創作長篇小說〈百年虎〉，透視了台灣百年歷史和社會變遷。

二〇〇二　國家文化藝術基金會補助創作長篇奇幻政治小說《永康街共和國》，後由九歌出版社出版。寫出哈哈鏡裡的「統獨狂想曲」，有趣的政治寓言。

二〇〇四　黃瑞田碩士論文《科學詮釋與幻想——黃海科幻小說研究》結語：「黃海是台灣科幻小說史的主幹」；林文寶、王洛夫論文中評價：「黃海是台灣少兒科幻的開山祖、開拓者」。

二〇〇七　《台灣科幻文學薪火錄》、《科幻文學解構》兩部著作，建構評析台灣科幻文學史和相關科幻理論闡述，著力至深且鉅。

二〇一六～二〇一七　國家文化藝術基金會補助創作《宇宙童話詩》，六十篇完成創作，陸續發表在《國語日報》、《中華副刊》、《鹽分地帶文學》雙月刊、《文訊》月刊及兒童文學會刊《火金姑》。之後由宇畝文化出版《宇宙密碼——25篇星球科幻童話》。

近年重要創作發表與出版

二〇〇九年一月　論述〈《衛斯理回憶錄》的後設建構〉，發表於《中央大學人文學報》。

二〇〇九年七月　於靜宜大學第十三屆兒童文學與兒童語言全國學術研討會，發表論述〈尋找幻氏家族的榮耀〉。

二〇一二年十月　北京電子工業社《名家經典科幻文學精粹》收錄〈不可名狀〉。

二〇一四年二月 〈台灣科幻文學的回顧與前瞻〉發表於《鹽分地帶文學》。

二〇一四年五月 國家文化藝術基金會補助出版《科幻文學解構》。

二〇一四年十二月 〈科幻的千年之旅〉發表於《明道文藝》；

〈紐約召喚〉發表於《鹽分地帶文學》。

二〇一五年一月 《二〇一四中國年度科幻小說》選入〈出賣牛車輪的人〉。

二〇一五年八月 於亞洲兒童文學大會發表論文〈永結童心的科幻奇幻文學〉；

於中國大陸出版少兒科幻中篇《奈米魔幻兵團》；

〈鳳凰涅槃〉發表於《幼獅文藝》，入選類型文學徵文。

二〇一五年九月 〈河圖公主〉發表於《幼獅文藝》，入選類型文學徵文。

二〇一六年一月 《二〇一五中國年度科幻小說》選入〈鳳凰涅槃〉。

二〇一六年二月 〈貓頭鷹醫生的眼淚〉發表於《鹽分地帶文學》。

二〇一六年六月 〈鴨母王的奇幻之旅〉發表於《鹽分地帶文學》。

二〇一六年八月 《科幻立方》雜誌收錄科幻短篇〈躁鬱宇宙〉；

〈烏托邦五百年與香格里拉〉發表於《鹽分地帶文學》。

二〇一七年一月 《二〇一六中國年度科幻小說》選入〈躁鬱宇宙〉。

二〇一七年三月 與林茵、邱傑、山鷹合寫〈鑽石星〉，此文收錄於《九歌一〇六年童話選》。

二〇一七年五月　北京科學普及出版社《百年中國科幻小說精品賞析》，收錄〈銀河迷航記〉。

二〇一七年八月　少兒科幻中篇《冰凍地球》出版。

二〇一七年十一月　《科幻立方》雜誌收錄科幻短篇〈哭泣的心臟〉。

二〇一八年一月　《二〇一七中國年度科幻小說》選入〈地月臍帶〉。

二〇一八年五月　於中國出版長篇科幻小說《歌麗美雅》。

二〇一八年九月　〈哭泣的心臟〉發表於《鹽分地帶文學》。

二〇一九年一月　《二〇一八中國年度科幻小說》選入科幻短篇〈哭泣的心臟〉

二〇一九年三月　〈台灣科幻文學回眸與再生——兼談許順鏜兩部新作及其科技人風範〉發表於《鹽分地帶文學》；北京《科普創作》於同年第二期同發表。

二〇二〇年七月　〈躁鬱宇宙〉由日本女作家立原透耶翻譯爲日文，並被選入《現代中華ＳＦ傑作選》。

代序與導讀

二〇一五　張之傑《白話科學》序〈科學如佳餚，科幻如美酒〉。

二〇一六　林茵《旭星燦爛》序〈科幻小百科，旭星大史詩〉。
二〇一七　詹姆斯・希爾頓《失落的地平線》導讀〈烏托邦五百年與科幻〉。
二〇一八　管家琪《小雨的選擇》序〈「選擇」的背後，涉及平行世界〉。
林秀兒《無歧行》三部曲序〈時空行者優雅玄祕的冒險史詩〉。
二〇一九　跳舞鯨魚《吳郭魚婆婆》導讀〈妖怪可以很奇幻，溪流不能不美麗〉。
二〇二〇　邱傑《ＡＩ登陸：決戰魔羯星》推薦序〈邱傑的才華與亮點〉。
二〇二一　跳舞鯨魚《麻躐之洋：馬塔巴》推薦序〈麻辣的科技海洋裡，烏托邦何處尋？〉。

教科書／教材／影音廣播

一九八六　中國廣播公司改編〈銀河迷航記〉爲廣播劇。
一九九九　公共電視播出由張文珊改編的電視劇《機器人掉眼淚》。
二〇〇一　台中縣文化局編製的《台灣文學讀本》收錄〈機器人掉眼淚〉、〈第三只腳的味道〉。
二〇一〇　中國北方聯合出版傳媒《最佳原創少年文學讀本・科幻卷》收錄〈月宮怪談〉。

二〇一七　南一版《閱讀小行家（國小中年級）》收錄〈穿越時空的奧祕〉。

二〇一八　南一版國小三年級下學期國語習作收錄科幻小小說〈機器人掉眼淚〉；九歌《兒童文學讀本》收錄〈玻璃獅子〉。

二〇二〇　南一版與翰林版國中二年級下學期國文教科書同時收錄科幻極短篇〈深藍的憂鬱〉、〈機器人代死刑〉；龍騰版《技術高中國文》收錄〈兩岸科幻的本質與差異：《流浪的地球》vs.《地球逃亡》〉。

有關黃海作品之論述及碩博士專論

一九八五　《海洋兒童文學研究》第八期，以科幻小說和黃海得獎作品《奇異的航行》爲討論爲重點，收錄林文寶〈試談科幻小說〉、黃海筆談科幻小說、各方評介黃海文章。

一九八七　簡宗梧、周鳳五編著《現代文學欣賞與創作》，空中大學用書，第八章第八節〈科幻小說〉，引用黃海諸多論點。

一九八九　蔡尚志《兒童故事原理》，五南出版社大學用書，專章論述介紹黃海的兒童科幻小小說寫作技巧及兩篇作品。

一九九〇 傅林統《兒童文學的思想與技巧》，富春出版學術論叢，專章介紹黃海科幻小說《奇異的航行》等書。

一九九四 中國學者黃重添、莊明萱、闕豐齡、徐學、朱雙一合著《台灣新文學概觀》，第十章第二節「科幻小說」，詳述黃海科幻作品。

一九九八 陳愫儀〈少年科幻版圖初探——一九四八年以來台灣地區出之中、長篇少年科幻小說研究〉，東海大學中文所士論文。

一九九九 趙天儀〈宇宙意識與科幻世界——試論黃海的科幻小說〉，靜宜大學兒童文學與兒童語言學術研討會，科幻小說列爲重要主題，文學院長趙天儀特別撰文。

二〇〇一 劉秀美〈台灣通俗小說研究（一九四九～一九九九）〉，中國文化大學中文所博士論文，專章介紹論列張系國、黃海、倪匡作品。

二〇〇二 林建光〈大敘述的危機與歷史經驗再現的轉折：試論八〇年代台灣的科幻小說〉，單篇論文，中興大學外文系副教授，分論張系國、黃海、黃凡、張大春、平路作品。第二十六屆全國比較文學會議發表。

二〇〇三 賴玉敏〈乘著想像的翅膀　少年科幻小說的開路先鋒——黃海專訪〉，台東大學兒童文學研究所研究生，賴玉敏專訪。二〇〇三年五月《兒童文學學刊》；

傅吉毅〈台灣科幻小說的文化考察1968-2001〉，中央大學中文所碩論，指導教授康來新，學位考試委員召集人鄭明娳、委員林文淇、康來新，本論文文末附有二〇〇一年一月二十日傅吉毅專訪黃海的錄音記錄整理。二〇〇八年修訂，秀威出版；

王洛夫〈論黃海及其科學幻想作品〉，台東大學兒童文學研究所碩士論文，指導教授杜明城，口試委員：張子璋、許建昆、杜明城；

林建光〈政治、反政治、後現代：論八零年代台灣科幻小說〉，單篇論文，中興大學外文系副教授，分論張系國、葉言都、黃海、黃凡、張大春、平路等人作品。發表於《中外文學》。

二〇〇四 黃瑞田〈科學詮釋與幻想——黃海科幻小說研究〉，中山大學中文所士論文，指導教授龔顯宗，口試委員林文寶等。

二〇〇五 陳鵬文：〈八〇年代台灣科幻小說研究〉，中國文化大學中文所碩論。

二〇〇六 黃子珊〈黃海兒童科幻小說敘述技巧研究〉，台北教育大學碩論。

二〇〇七 林奕妗〈黃海科幻作品初探〉，中山大學中文系在職專班碩士論文。

二〇〇八 張孟楨〈基因複製科技發展下的未來世界——黃海科技小說中的基因科學與省思〉，靜宜大學中文所碩論。

國家圖書館出版品預行編目資料

躁鬱宇宙——黃海科幻小說精選／ 黃海 著.
——初版.——台北市：蓋亞文化，2021.12
面；公分.

ISBN 978-986-319-580-1（平裝）

863.57 110007753

故事集 026

躁鬱宇宙——黃海科幻小說精選

作　　者 黃海
裝幀設計 莊謹銘
責任編輯 盧韻亘
總 編 輯 沈育如
發 行 人 陳常智
出 版 社 蓋亞文化有限公司
地址：台北市103承德路二段75巷35號1樓
電話：02-2558-5438　傳真：02-2558-5439
電子信箱：gaea@gaeabooks.com.tw
投稿信箱：editor@gaeabooks.com.tw
郵撥帳號 19769541　戶名：蓋亞文化有限公司
法律顧問 宇達經貿法律事務所
總 經 銷 聯合發行股份有限公司
地址：新北市新店區寶橋路二三五巷六弄六號二樓
電話：02-2917-8022　傳真：02-2915-6275
港澳地區 一代匯集
地址：九龍旺角塘尾道64號龍駒企業大廈10樓B&D室
電話：+852-2783-8102　傳真：+852-2396-0050
初版一刷 2021年12月
定　　價 新台幣 340元
Published and printed in Taiwan

ISBN 978-986-319-580-1

GAEA

GAEA